Alice
et
la Dame à la lanterne

SÉRIE *ALICE* DANS LA BIBLIOTHÈQUE VERTE

Alice et les cerveaux en péril
Alice et la malle mystérieuse
Alice au Canada
Alice chez les Incas
Alice et les marionnettes
Alice au ranch
Alice et la rivière souterraine
Alice et le diadème
Alice et les hardy boys super-détectives
Alice et l'œil électronique
Alice et le violon tzigane
Alice et l'ancre brisée
Alice et les chats persans
Alice et la diligence
Alice et les diamants
Alice et la bague du gourou
Alice et la réserve des oiseaux
Alice et le cheval volé
Alice et les magiciens
Alice et l'architecte diabolique
Alice et la dame du lac
Alice chez le grand couturier
Alice et l'esprit frappeur
Alice en Écosse
Alice et la Dame à la lanterne

Caroline Quine

Alice et la Dame à la lanterne

Traduit de l'américain par Sandrine Couprie

HACHETTE

L'ÉDITION ORIGINALE DE CE ROMAN A PARU EN
LANGUE ANGLAISE CHEZ SIMON & SCHUSTER, INC.,
NEW YORK, SOUS LE TITRE :
The ghost of the lantern lady

Hachette Livre, 43, quai de Grenelle, 75015 Paris.

Chapitre 1

Une rencontre fantomatique

« J'ai toujours l'impression que ma voiture est une machine à remonter le temps, quand je viens ici... »

Au volant de sa Mustang bleu vif, assortie à la couleur de ses yeux, la jeune Alice Roy secouait la tête, émerveillée. Ses cheveux d'un blond vénitien ondulaient gracieusement sur ses épaules.

« C'est comme si nous étions projetées plus d'un siècle en arrière », ajouta-t-elle.

Devant elle, s'étendait le village de pionniers de Persimmon Woods, un musée vivant installé en pleine campagne, à une trentaine de kilomètres au sud de River City, la ville où demeurait la jeune fille.

« Je comprends ce que tu ressens, répondit Bess Taylor en ouvrant la portière côté passager. Ça va être génial de travailler ici pendant une semaine, en jouant le rôle d'un des habitants du village ! »

La mine réjouie et les yeux pétillants de son amie firent sourire Alice.

« Souviens-toi, toutefois, que notre mission consiste avant tout à mener l'enquête... »

La jeune détective n'oubliait pas que tout était parti d'une conversation qu'elle avait eue avec sa voisine, Anita Valdez.

« Anita a la certitude que les accidents et cambriolages qui se sont produits ici ont été fomentés pour détourner l'attention de certaines malversations.

— Ne t'inquiète pas, Alice, tu peux compter sur notre aide. N'est-ce pas, Marion ?... Marion ? »

Marion Webb déplia sa longue silhouette, ankylosée après son séjour sur la banquette arrière.

« Toujours prête ! » annonça-t-elle en sautant à terre.

Avec ses cheveux bruns coupés court et ses yeux noisette, Marion ne ressemblait guère à la blonde Bess. Pourtant, les deux jeunes filles étaient cousines.

Toutes trois se dirigèrent vers le hall d'accueil, une grande bâtisse moderne en forme d'igloo, qui contrastait avec les autres constructions, de style traditionnel. À l'intérieur, les installations se composaient d'une boutique de souvenirs, d'une salle de spectacles, d'un restaurant et d'une galerie d'exposition. Les trois amies se joignirent à la quinzaine d'autres volontaires rassemblés là et, conformément aux instructions données, s'engagèrent sur un sentier en terre qui menait vers l'école du village, entièrement construite en bois. Tous prirent place sur les longs bancs disposés en face d'un tableau noir.

« Bonjour ! Je m'appelle Cory Worth », annonça le jeune homme assis à côté de Bess.

Grand, assez beau, il paraissait avoir environ dix-huit ans, l'âge d'Alice et de ses deux amies. Sa tignasse blonde flottait sur ses épaules et ses yeux verts et malicieux inspiraient immédiatement la sympathie.

« Et voici ma sœur, Amy, reprit-il en désignant l'adolescente installée à son côté. Est-ce la première fois que vous venez travailler au village ?

— Oui », répondit Bess.

À son tour, elle se présenta puis déclina les noms de ses amies.

« Et vous deux ?

— Nous aussi », lui indiqua Amy.

La jeune fille ressemblait tant à Cory qu'on aurait pu les croire jumeaux. Seule sa chevelure brune la distinguait de son frère.

Soudain, la porte de l'école s'ouvrit et une femme vint se poser devant le tableau.

« Bonjour, je suis Mabel Tansy. Je suis chargée d'organiser le travail des auxiliaires bénévoles. Bienvenue, donc, à Persimmon Woods.

Nous avons fait appel à vous pour incarner des habitants du village à l'occasion du festival de la Lune rousse. Avant le début des festivités, les installations resteront fermées pendant deux jours. »

Un sourire avenant aux lèvres, elle fit quelques pas sur l'estrade avant de continuer ses explications.

« Pour ma part, je joue le rôle de Mme Herman, la femme du médecin. C'est ainsi que vous devrez m'appeler pendant toute la durée du festival. J'insiste sur ce point, qui constitue un élément essentiel de la mission que vous aurez à remplir : lors de votre travail ici, vous devrez toujours rester dans la peau de votre personnage et vous adresser à tous les intervenants comme s'ils étaient réellement des villageois du siècle dernier. »

D'un regard circulaire sur son auditoire, elle s'assura que le message avait bien été reçu.

« Le reste du temps, conclut-elle avec un sourire, vous pourrez naturellement m'appeler Mabel. »

Alice considéra l'allure de la femme et songea qu'elle avait l'air tout droit sortie du passé. Sa longue robe vert foncé était rehaussée d'un liseré d'un vert plus clair et d'un tablier blanc. Son visage était enserré dans un bonnet en forme de cœur, couleur jaune bouton d'or.

« Sachez que nous sommes infiniment reconnaissants de l'aide que vous nous apportez, continua Mabel. Nous sommes conscients que vous n'êtes pas des professionnels, aussi nous ne vous demanderons pas d'apprendre des répliques par cœur. Nous souhaitons simplement que vous vous comportiez comme des personnages des années 1830. Vous serez toujours accompagnés de figurants permanents, qui se chargeront de répondre aux questions des visiteurs. Si un touriste vous surprend par une remarque inattendue, ne dites rien, mais laissez parler un expert. »

Alice se souvint d'avoir visité le site à plusieurs reprises, lors d'une sortie avec son école, en famille et aussi avec des amis. Cette fois, l'expérience serait toute différente, puisqu'elle ne serait plus spectatrice mais actrice...

« Certains d'entre vous connaissent sans doute déjà notre musée vivant, continua Mabel, faisant écho aux pensées d'Alice. Ils savent donc que nous vaquons à nos occupations de villageois le plus naturellement du monde. Lorsqu'il est l'heure de préparer le déjeuner, nous le préparons. Lorsque le repas est prêt, nous nous asseyons et nous mangeons. Nous traitons les touristes comme des étrangers de passage, que nous accueillons avec chaleur. Cependant, leur présence ne doit jamais nous détourner de nos tâches ou de nos activités.

— Quand connaîtrons-nous la place qui nous est assignée ? interrogea Bess. Pourrons-nous choisir le rôle que nous aurons à tenir ?

— En règle générale, nous tentons de mettre

en valeur les talents particuliers de chacun. Lors des événements spéciaux, en revanche, l'urgence nous impose de répartir nous-mêmes les fonctions. Maintenant, plongeons-nous dans l'Amérique du début du XIXe siècle. Il n'y a bien sûr ni automobiles, ni téléphone, ni télévision...

— Quelle horreur ! s'esclaffa Cory d'un ton ironique. Comment ont-ils pu survivre sans jeux vidéo ?

— À l'époque, on s'amusait aussi, mais différemment, expliqua Mabel avec un large sourire. Les jouets n'étaient pas achetés dans des grandes surfaces mais fabriqués avec les matières premières dont on disposait. »

D'un geste de la main, elle fit signe à la petite équipe de volontaires de se lever.

« Maintenant, le moment est venu de faire une petite visite guidée de nos installations. Si vous voulez bien me suivre... »

Ils visitèrent, tour à tour, chacune des constructions du village. Les cabanes d'habitation, au nombre de douze, étaient toutes bâties en rondins et comprenaient généralement deux pièces : la première, meublée de chaises et de tables en bois fabriquées artisanalement, servait tout à la fois de cuisine, de salle à manger et de pièce de séjour ; la seconde était utilisée pour dormir. Seules quelques maisons disposaient d'un étage, aménagé en chambre. Toutes les cabanes étaient chauffées par une large cheminée et éclairées à la chandelle. Quant à l'eau, il fallait aller la puiser avec des seaux.

« Tâtez un peu ce matelas » suggéra Mabel.

Alice enfonça les doigts dans le matelas, qui fit entendre un craquement.

« Au bout d'un certain temps, expliqua la guide aux jeunes gens, les filins se distendent et le couchage s'affaisse en son milieu. Afin de les retendre, on utilise cet outil. »

Mabel se saisit d'un outil qui ressemblait à une clé à écrous, en bois, et le mania d'une main experte.

« Voilà ! annonça-t-elle d'un ton enjoué. Ce lit est désormais prêt à l'emploi. Des candidats ?

— Merci, répondit Marion du tac au tac, mais je préfère mon propre lit moelleux ! »

La visite se poursuivit par le tour des autres bâtiments, non dévolus au logement des villageois. Ils traversèrent l'épicerie-bazar, également construite en rondins. Les murs étaient occupés par des étagères où étaient disposés toutes sortes de produits, tels que des coupons de tissu, des bobines de fil, des outils, des clous, des théières, du sucre brun, etc. Au milieu du magasin, trônait un grand poêle en fonte entouré de bancs et de rocking-chairs où, aux dires de Mabel, « les clients étaient invités à se reposer quelques instants, se réchauffer et se tenir au courant des potins du village. »

La découverte des lieux prit toute la matinée. Mabel guida l'équipe de volontaires dans les étables, territoire des chevaux, vaches, bœufs et chèvres. Elle les mena ensuite à l'atelier du potier, pourvu à l'arrière d'un four traditionnel, puis à la maison du médecin.

En pénétrant dans la forge, Cory ne put réprimer un cri d'enthousiasme.

« Génial ! C'est là que je voudrais travailler...

— Tous les outils utilisés ici, ainsi que les gonds et les poignées de porte du village sont fabriqués sur place par notre forgeron », expliqua Mabel.

Les yeux de tous les jeunes gens se braquèrent sur l'artisan, qui confectionnait un tisonnier. D'un bras vigoureux, il actionnait le soufflet suspendu au-dessus du foyer pour aviver les flammes. De l'autre main, il faisait pivoter sur elle-même la longue verge métallique. L'extrémité de cette barre, léchée par le feu, prenait une teinte blanchâtre.

Sous le regard émerveillé d'Alice et de ses compagnons, l'homme entreprit alors de marteler la tige de métal au moyen d'une lourde masse, afin de l'aplatir et de la mettre en forme. Chaque coup résonnait bruyamment dans le silence, éclaboussant l'air d'une nuée d'étincelles.

« C'est magique, murmura Cory, fasciné. Décidément, c'est ici que je veux être en poste. »

Pour terminer, Mabel conduisit le petit groupe à Windbreak, une imposante maison en brique bâtie un peu à l'écart du village, sur un monticule. Il s'agissait du tout premier édifice érigé dans le secteur, par un certain Brandon Parrish, pionnier qui s'était établi là en 1825.

« Les vitres ne sont pas très nettes, remarqua Amy. On dirait que le verre fait des vagues...

— Précisément, releva Mabel, car vous admirez là des fenêtres entièrement d'époque. Nos ancêtres ne maîtrisaient qu'imparfaitement la technique du verre. »

En dépit de ce détail, la demeure leur parut largement moins rustique que le reste des habitations qu'ils avaient eu l'occasion de visiter. Le rez-de-chaussée se composait de deux grandes pièces et d'une cuisine spacieuse.

L'escalier central permettait d'accéder à deux vastes chambres à l'étage ; la première, celle des parents, contenait un grand lit ainsi qu'un ravissant berceau. La deuxième était réservée aux enfants ; outre la rangée de petits lits qui bordaient l'un des murs, on remarquait les anciennes poupées de chiffon, les locomotives et wagons en bois, et bien d'autres jouets désuets. Dans l'un des coins de la pièce, un lit agrémenté d'une table de chevet et d'un fauteuil attira l'attention d'Alice.

« C'est là que dormait la nurse », expliqua Mabel.

Lorsqu'ils eurent quitté Windbreak, elle leur proposa de marquer une pause pour se restaurer.

« Un pique-nique nous attend. Voudriez-vous m'aider à installer les tables dans l'herbe ? »

En quelques minutes, un appétissant buffet froid se trouva disposé sur les planches soutenues par des tréteaux. Alice, Bess et Marion se joignirent à Cory et Amy et tous cinq, assis par terre, dégustèrent des sandwichs variés accompagnés de boissons fraîches.

« J'ai vraiment l'impression d'avoir quitté le XXe siècle... remarqua Bess d'un air songeur.

— Dans ce cas, tu es mûre pour endosser le costume d'une paysanne, répliqua Cory.

— Moi, j'adore cet endroit, ajouta sa sœur. Nous y venons souvent, en famille. Mon rêve, c'est d'obtenir un diplôme pour devenir historienne, puis de travailler à plein temps dans un écomusée comme celui-ci.

— Si vous êtes familiers des lieux, intervint Alice, vous êtes sans doute au courant des incidents étranges qui se sont produits ici récemment.

— Ah oui... acquiesça Cory. Lors de notre dernière venue, il y a eu une alerte à la bombe, à la suite d'un coup de téléphone anonyme. Quelle panique !

— Et rappelle-toi cette autre fois où on a retrouvé tous les couvre-lits du tisserand, ainsi que tous les ustensiles fabriqués par le potier dans la rivière... renchérit Amy. Tu as raison, Alice, il se passe des choses bizarres à Persimmon Woods. »

La jeune détective tenta de se représenter tous ces objets flottant dans l'eau.

« Quelle vision cauchemardesque vous avez dû avoir... estima-t-elle.

— C'est criminel de détruire ainsi le travail des artisans, ajouta Bess, consternée.

— Le pire, d'après moi, reprit Cory, ce fut le jour où un tireur a été blessé par un mousquet[1]. Je ne l'oublierai jamais. »

Alice se hâta d'avaler la dernière bouchée de son sandwich.

« Raconte-nous tout, s'il te plaît. »

Ce fut Amy qui prit la parole.

« Nous étions venus spécialement pour le concours de tir que le village organise de temps à autre. L'un des mousquets s'est détraqué et le candidat qui l'utilisait a eu la main méchamment brûlée.

— Et encore, intervint son frère, on peut dire que le gars a eu de la veine ! Il aurait pu y perdre un œil, ou même être mortellement blessé.

— Il s'agissait peut-être d'un regrettable accident... avança Marion.

— Ce n'était pas l'avis de la victime, trancha Amy. L'homme a certifié que son arme avait été sabotée. D'ailleurs, une enquête de police a été ouverte, mais finalement l'affaire a été classée dans la liste des "incidents inexpliqués".

---

1. Ancienne arme à feu portative.

— Et si c'était encore un mauvais coup de la Dame à la lanterne ? Ouououhhh... Le fantôme de Persimmon Woods a encore frappé !

— La Dame à la lanterne ? releva Marion, intriguée. Qui est cette mystérieuse personne ?

— Allons, fit Amy en jetant un regard inquiet autour d'elle, il ne s'agit que d'une vieille légende. Je ne crois pas du tout à l'existence d'un spectre qui hanterait le village. À mon avis, les gérants qui dirigent le complexe ont inventé cette histoire pour attirer les touristes. »

Derrière son sourire, Alice crut pourtant déceler une certaine nervosité.

Lorsqu'ils eurent terminé leur déjeuner, ils repartirent. À dix-huit heures, Mabel les rassembla de nouveau dans l'étable.

« Nous avons pensé qu'une petite promenade en cariole vous ferait plaisir... Vous verrez, le verger au coucher du soleil est une vraie splendeur. Ensuite, nous partagerons ensemble un authentique dîner de pionniers autour d'un bon feu. »

Tous les bénévoles montèrent dans une charrette à foin, tirée par un puissant cheval à la robe brun-rouge. Le ciel commençait à s'embraser à l'ouest et une douce brise s'était levée.

Plus ils s'enfonçaient dans le verger, plus la lumière diminuait. Les branches qui se balançaient doucement formaient un ballet d'ombres des plus romantiques. Les jeunes gens, qui au départ conversaient joyeusement, baissèrent la voix, impressionnés par la majesté de l'instant. Alice inspira profondément. Adossée au rebord de la charrette, elle laissa son regard vagabonder sur la campagne crépusculaire.

Tout d'abord, elle ne distingua que des formes sombres. Soudain, un détail attira son attention. Entre les arbres, quelque chose semblait voleter et danser comme une gigantesque luciole. Tandis qu'elle se redressait pour mieux observer le phénomène, ses compagnons remarquèrent également ce curieux mouvement et commencèrent à chuchoter entre eux, en tendant le doigt. De plus en plus intriguée, Alice retint son souffle.

Soudain, Bess agrippa fermement le bras de son amie. Surgie de derrière un tronc, une silhouette évanescente, drapée dans une cape vert pâle aux larges manches ondoyantes, semblait flotter au-dessus du sol. Le visage était dissimulé par un capuchon qui se terminait en cascade de plis sur les épaules. Au bout de l'une des manches, on remarquait une lanterne en métal ouvragé, dont la flamme nimbait l'inquiétante créature d'une lueur fantomatique.

Chapitre 2

Vandalisme dans le village

Alice sentit un frisson parcourir sa nuque. Tous les bénévoles restaient pétrifiés par le blanc linceul qui paraissait flotter au-dessus du sol et se rapprochait lentement de la charrette. La jeune détective eut le sentiment que tous, le cheval y compris, retenaient leur souffle.

Soudain, quelqu'un poussa un cri et ce fut comme si le charme avait été rompu. Aussi brusquement qu'elle était apparue, la forme lugubre s'évapora.

« Holà ! cria le conducteur de la charrette à son cheval, tout en tirant vigoureusement sur les rênes. Tout doux... »

Malgré ces injonctions, l'animal se cabra, secouant furieusement sa crinière. Saisis de panique, les passagers de la carriole se mirent à hurler, craignant d'être projetés à terre.

« Accrochez-vous ! » lança Alice en s'agrippant à la planche en bois qui servait de paroi au véhicule.

Des bottes de foin doré volèrent de tout côté ; la charrette oscilla dangereusement de droite et de gauche, avant de s'affaler sur le flanc droit. Bess et Cory furent éjectés comme de vulgaires poupées de chiffon et roulèrent dans une ornière jonchée de feuilles. À leur suite, plusieurs autres jeunes gens tombèrent à la renverse.

Le cheval reposa ses pattes sur le sol, secoua encore deux ou trois fois la tête, puis hennit.

« Calme... répéta le conducteur, sans relâcher son emprise sur les rênes. Calme, j'ai dit ! »

Entravé par la poigne de fer de son maître, l'animal se débattit encore un instant, avant de renoncer. L'homme laissa alors un peu de jeu à la bride et le cheval finit par recouvrer son calme.

« Bess ! s'inquiéta Alice. Tu ne t'es pas fait mal ?

— Je... je crois que je n'ai rien de cassé, estima Bess en frottant son épaule endolorie par la chute. Qui était-ce ? Ou plutôt, quoi ? Alice, j'ai l'impression de sortir d'un cauchemar ! As-tu vu un fantôme, comme moi ? Ce... cette créature qui flottait dans l'air...

— Oui, j'en ai eu la chair de poule. Franchement, je suis incapable de te dire ce que nous avons vu. »

Un nuage passa au-dessus du verger, plongeant le paysage dans l'obscurité la plus opaque.

Alice eut beau écarquiller les yeux, elle ne put déceler aucun signe de la présence du spectre. Les seules lueurs qu'elle percevait étaient celles des lanternes de la charrette.

Elle plissa les yeux, dans l'espoir de distinguer un détail, mais dut y renoncer. Autour d'elle, dans le fossé, ses camarades se relevaient tant bien que mal.

« Personne de blessé ? » s'enquit-elle.

Les uns brossaient leur veste ou leur pantalon, pour en arracher les feuilles ou les branchages qui s'y étaient accrochés ; les autres tentaient de grimper sur la carriole.

Cory aidait Bess à se redresser, une main protectrice autour de l'épaule de la jeune fille.

« Tu es sûre que ça va ? Ton épaule n'est pas luxée, au moins ?

— Non non... » certifia Bess en réprimant une grimace.

Inquiet, le jeune homme lui massait délicatement l'articulation endolorie. Alice, avec le secours de Marion, prodigua son aide à ceux de ses compagnons qui semblaient le plus choqués par l'épisode. Toutefois, à part quelques égratignures ou ecchymoses, personne ne semblait gravement blessé.

Lorsque chacun eut repris sa place sur les bottes de paille, Alice fit signe au conducteur.

« Je crois que nous pouvons repartir, maintenant.

— Ramenez-nous vite au village, ajouta Bess, avant que le fantôme décide de réapparaître.

— C'est l'affaire de quelques minutes », assura l'homme en reprenant les rênes de son attelage.

Le trajet de retour se déroula sans incident ; toutefois, les conversations allaient bon train entre les passagers, encore éprouvés par l'aventure qu'ils venaient de vivre.

— Franchement, déclara Bess d'un ton catégorique, je ne vois pas ce que cela peut être sinon un fantôme. Cette manière d'apparaître et de disparaître sans crier gare... c'est typique ! Même le cheval a été pris de terreur.

— Il suffit d'une souris pour terrifier un cheval, objecta Marion avec son sang-froid coutumier. Cette réaction ne prouve rien. Qu'en penses-tu, Alice ?

— Je n'ai pas d'opinion très arrêtée sur la question, répondit prudemment la jeune détective. Il s'agit peut-être d'une mauvaise blague...

— Moi, intervint Amy, je suis d'accord avec Bess. C'est un fantôme que j'ai vu, pas une souris... »

Tout le petit groupe demeura un moment pensif ; brusquement, un mugissement sourd troua le silence.

« Ouououou... souffla Cory d'une voix lugubre. Je suis le fantôme de Persimmon Woods. Hors d'ici, étrangers, vous foulez mes terres !

— Arrête, ce n'est pas drôle », protesta Bess en lançant une poignée de paille à la figure du garçon.

Aussitôt, Amy et quelques autres l'imitèrent, et Cory se retrouva enseveli sous une montagne de paille.

« Il ne faut pas prendre mon frère au sérieux, expliqua Amy entre deux éclats de rire. C'est un grand farceur... »

Lorsque la carriole arriva devant l'étable du village, Mabel Tansy accueillit les bénévoles avec un sourire.

« Alors, cette petite promenade dans la nature ? la soirée est magnifique, n'est-ce pas ? »

Alice observa le conducteur de l'attelage entraîner la jeune femme un peu à l'écart et lui parler à mi-voix. Leur conversation était inaudible. Toutefois, Mabel dévisageait son interlocuteur, visiblement frappée par ce qu'il lui révélait. Puis la responsable secoua la tête et revint vers le petit groupe, le front soucieux.

« À ce que j'apprends, vous avez fait une singulière rencontre dans le verger. J'espère que vous vous remettrez vite de cette frayeur... Pas de blessés, au moins ?

— Apparemment, récapitula Alice, nous sommes tous sains et saufs. Pouvez-vous nous dire ce que nous avons vu ? Était-ce une attraction mise en scène pour ajouter du piment à la visite ? »

Mabel secoua la tête.

« Hélas non, Alice. Pour être franche, j'ai plutôt l'impression que...

— C'est la Dame à la lanterne, voilà tout ! l'interrompit le conducteur en dételant son cheval. C'est elle, comme je vous le dis ! »

Un frisson glacé parcourut l'échine de la jeune détective, tout comme lors de l'apparition de la mystérieuse créature.

« La Dame à la lanterne surgit de temps à autre, expliqua Mabel. Cela faisait près de deux mois qu'elle ne s'était pas manifestée. Les plus anciens de nos permanents croient qu'elle incarne l'esprit d'un pionnier qui s'était installé jadis ici. Elle reviendrait régulièrement, afin de mesurer les évolutions du temps.

— C'est la légende, maugréa le conducteur. Mais maintenant, je ne suis plus sûr de rien. À la suite de tous les incidents bizarres qui se sont produits récemment, certains prétendent qu'elle a changé, qu'elle est possédée par le diable, qu'elle aurait jeté un mauvais sort sur le village... et cela va mal finir, croyez-moi. »

Sans autre commentaire, l'homme tourna les talons et entraîna le cheval vers l'écurie.

Alice observa ses compagnons. Plusieurs jeunes gens affichaient des mines consternées, d'autres paraissaient réellement angoissés.

« Allons, allons... fit Mabel d'un ton rassurant. Ne prêtez pas attention aux paroles de Bill. Il faut l'excuser, toute cette histoire l'affecte énormément. »

Elle soupira puis se força à sourire.

« Que cela ne vous détourne pas de votre belle mission. Nous allons vivre une semaine passionnante, et j'ai besoin de tout votre enthousiasme. Pourquoi ne pas aller nous installer autour du feu ? Les villageois vous ont préparé un délicieux dîner, nous vous dévoilerons ensuite les rôles que vous aurez à tenir. »

La jeune femme rassembla ses troupes et les guida jusqu'au feu de joie, autour duquel des bancs de bois avaient été disposés. Alice, Bess et Marion se mirent en ligne comme les autres, pour se servir de popcorn croustillant, de poulets rôtis bien dorés, accompagnés de pommes de terre rissolées, ou de pommes braisées au sucre roux. Sur une autre table, cookies et pain d'épice côtoyaient les pichets de cidre brut, de lait froid et de café noir.

Une fois servies, les trois amies s'installèrent sur un banc aux côtés de Cory et d'Amy.

« Nous n'allons pas laisser un minable fantôme nous couper l'appétit ! » renchérit Cory en mordant dans une cuisse de poulet.

Tout en mangeant, ils évoquèrent la Dame à la lanterne et comparèrent leurs versions de la mystérieuse apparition. En arrière-fond, quelques villageois jouaient des airs de folk sur des tympanons et des flûtes en bois.

« Le plus curieux, observa Bess, c'est que la Dame à la lanterne ne faisait aucun bruit. Je ne l'ai pas entendue arriver, c'est comme si elle avait surgi du néant.

— Il faut dire que nous nous trouvions assez loin dans le verger, rétorqua Alice. Elle a très bien pu se cacher derrière un arbre, en attendant que la cariole approche. Ces vieilles roues en bois grincent et crissent horriblement.

— Rassure-moi, Alice, tu ne penses pas réellement que nous avons croisé un fantôme ? s'étonna Marion.

— Je ne sais pas. »

La jeune détective préféra ne pas mentionner l'étrange impression qu'elle avait ressentie en apercevant la silhouette voilée.

« En tout cas, ajouta-t-elle, si ce n'était pas un fantôme, l'imitation était des plus réussies. »

Mabel se jucha sur l'un des bancs et fit carillonner une cloche en fonte.

« Puis-je attirer votre attention un instant, s'il vous plaît ? Je vais révéler aux bénévoles les rôles qu'ils auront à tenir au cours du festival. »

Les conversations cessèrent et tous les regards se tournèrent vers l'oratrice.

« Merci, fit-elle en souriant. Voici la liste tant attendue... »

Cory apprit qu'il servirait d'assistant aux membres permanents dans la visite de Windbreak, la belle demeure de brique perchée sur la colline, un peu à l'écart des autres bâtiments ; tout d'abord, la décision parut le décevoir. Toutefois, lorsqu'il entendit que Bess était sa coéquipière, il afficha une mine réjouie.

Marion, quant à elle, incarnerait la fille du forgeron. Son rôle consisterait principalement à aider sa « mère » dans les travaux domestiques, mais aussi son « père » à la forge.

Pour sa part, Alice serait, selon les propres termes de Mabel, une « volante » ; cela signifiait qu'elle aurait pour mission de voler d'un lieu à un autre, en fonction des besoins du moment. Pour commencer, elle travaillerait dans la maison du médecin, afin de seconder Mabel. Elle aurait à prétendre être la sœur cadette de la jeune femme, venue du Kentucky.

« Si vous le souhaitez, expliqua encore l'organisatrice, vous pouvez choisir un prénom d'emprunt ; sinon, vous conserverez le vôtre, à condition qu'il ne soit pas anachronique. Dans le doute, venez me questionner, je serai ravie de vous répondre.

— Nous nous sommes déjà renseignés, indiqua Amy. Les prénoms Cory et Amy étaient en usage au XIXe siècle.

— Je pense que Bess et Alice conviennent également, estima Bess. En revanche, pour ma cousine, je suis plus sceptique. Quel est ton avis, Marion ?

— S'il le faut, je me ferai appeler par mon deuxième prénom, soupira la jeune fille.

— Excellente idée ! s'esclaffa Bess. J'ai toujours pensé que Georgina t'allait à merveille... »

Lorsqu'elle eut achevé la lecture des affectations, Mabel raccompagna les bénévoles jusqu'au hall d'accueil.

« Demain, vous porterez vos costumes d'époque dès le matin, les informa-t-elle. D'ici là, bonne nuit... et ne soyez pas en retard ! »

Sur le chemin du retour, dans la voiture d'Alice, les trois amies ne parlèrent que de la Dame à la lanterne.

« Et si, en définitive, il s'agissait bel et bien d'un fantôme ? s'inquiéta Bess. Cela expliquerait tous les événements étranges qui se sont produits ces derniers temps...

— Cela n'est pas très rationnel... » estima Alice, guère convaincue.

Perdues dans leurs pensées, les jeunes filles demeurèrent silencieuses le reste du trajet.

Le lendemain, dimanche, Alice passa prendre ses amies à huit heures et les conduisit à Persimmon Woods pour leur deuxième journée de formation. En approchant du parking réservé aux employés, la jeune détective remarqua un petit attroupement devant la porte du hall d'accueil.

« On dirait que Mabel est en retard, remarqua-t-elle. Tout le monde attend devant la porte... »

Après avoir garé le véhicule, les jeunes filles se hâtèrent de rejoindre leurs camarades. Quelques minutes plus tard, Mabel se présenta à son tour, tout essoufflée.

« Pardonnez-moi, lança-t-elle, haletante. C'est à cause de ce stupide réveil... »

Elle ouvrit la porte et s'effaça pour laisser entrer le petit groupe. Les jeunes gens se firent enregistrer au bureau de contrôle puis se dirigèrent vers l'escalier qui menait au sous-sol, où étaient situés les vestiaires et les casiers. En passant devant la galerie d'exposition, Alice nota incidemment que la porte en était entrebâillée. Intriguée, elle s'arrêta et passa la tête dans l'embrasure. À l'intérieur, l'obscurité régnait, si bien qu'elle ne put rien distinguer.

« Il y a quelqu'un ? » demanda-t-elle à voix basse.

La jeune fille tenta de pousser doucement la porte, mais rencontra une résistance.

« Que se passe-t-il, Alice ? demanda Marion, dans son dos.

— J'ai trouvé cette porte entrouverte, mais il n'y a personne dans la galerie. C'est curieux... Normalement, elle aurait dû être fermée à clé. Et impossible d'entrer, elle semble bloquée. Il faut que j'en parle à Mabel...

— Attendez, je vais vous aider ! » proposa Cory qui les avait rejointes.

Avant qu'Alice ait pu protester, il donna un grand coup d'épaule dans la porte. La jeune détective put alors s'introduire dans la galerie. À tâtons, elle chercha un interrupteur et la lumière se fit dans la grande salle.

La vision qui s'offrit alors à elle lui arracha

un cri de stupeur. Le lieu avait été entièrement dévasté. Les peintures et les photographies avaient été arrachées des murs et jetées à terre ; les vitrines étaient fracturées ; et les objets gisaient au milieu de débris de verre. On eût juré qu'un cyclone avait ravagé la pièce.

Chapitre 3

Le spectacle continue

Alice enjamba la vitrine tombée à terre qui lui avait bloqué le passage et considéra l'étendue des dégats, consternée.

« Mon Dieu ! s'exclama Marion, en rejoignant son amie. Qui peut bien avoir fait une chose pareille ? »

D'autres membres du groupe, parmi lesquels Mabel, alertés par les cris, passèrent la tête dans l'embrasure de la porte.

« Ici aussi ! se lamenta Mabel. Ce n'est pas possible... »

Alice se tourna vers l'organisatrice.

« Pourquoi dites-vous "ici aussi" ?

— La boutique de souvenirs a subi le même sort, répondit la jeune femme, hors d'haleine. Des objets ont été dérobés. Il faut que j'appelle tout de suite la police, et Jake. »

Bess se pencha à l'oreille d'Alice.

« Qui est Jake ?

— Jake Parrish, chuchota la jeune détective. C'est le directeur du village. Voilà ce que tu vas faire : avec Cory, tu vas emmener la petite troupe de bénévoles aux vestiaires. Vérifie bien que tout est en ordre, au sous-sol. Marion et moi, nous resterons ici pour attendre l'arrivée de la police. Je suppose qu'ils vont me demander de faire une déposition, vu que j'ai été la première à découvrir l'état des lieux. »

Quand les deux jeunes gens eurent invité leurs camarades à évacuer la galerie, Alice proposa à Marion une petite inspection de la salle.

« Prends bien garde à tout laisser en place, conseilla-t-elle. Et, naturellement, tu sais qu'il ne faut pas laisser d'empreintes digitales...

— Je connais le B-A-BA de la profession, répliqua Marion avec un sourire complice. Je veux bien ouvrir grand les yeux, mais tu ne m'as pas dit ce que nous cherchions...

— À vrai dire, je l'ignore moi-même. Il ne va pas être aisé de trouver un indice au milieu de tout ce désordre. Une question me tracasse...

— Je t'écoute.

— Cette pièce ne possède qu'une issue, celle par laquelle nous sommes entrées. Si le vandale est sorti par ici, comment se fait-il que la porte ait été bloquée de l'intérieur, par cette vitrine tombée à terre ?

— Elle a pu tomber toute seule, après le départ du *visiteur*, avança Marion.

— Cela me paraît peu probable, objecta son amie. Regarde ces traces sur le sol : on a traîné sur plusieurs mètres ce présentoir vitré qui devait se trouver le long du mur. Cela prouve qu'il existe un autre moyen de sortir de cette salle. »

Tandis qu'elles passaient la pièce au crible, une voix familière fit soudain sursauter Alice.

« Quelle horreur ! Mais... que s'est-il passé ? »

Levant la tête, la jeune fille reconnut Anita Valdez.

« Anita ! s'écria-t-elle. Je ne m'attendais pas à te rencontrer ici, un dimanche !

— J'avais un peu de retard à rattraper dans mon travail, répondit vivement la jeune fille. Dis donc, quel gâchis...

— La boutique de souvenirs n'est pas plus belle à voir », indiqua Marion.

Alice fit les présentations, et Marion et Anita échangèrent un sourire. Puis Anita se tourna vers la jeune détective.

« Excuse-moi... pourrais-je te parler un instant en privé ?

— Bien sûr, répondit Alice.

— Je m'éclipse », dit Marion.

Discrètement, la jeune fille se fraya un chemin au milieu des décombres et alla s'isoler à l'autre extrémité de la galerie.

« Ce que j'ai à te dire est hautement confidentiel. En réalité, ma présence ici aujourd'hui a un but précis : je cherche à tirer au clair une anomalie dans les comptes du village. »

Elle s'interrompit, jeta un coup d'œil suspicieux autour d'elle puis reprit son récit.

« J'ai découvert quelque chose de louche, mais je ne sais pas quoi en penser. Je ne veux pas tirer de conclusion avant d'en avoir parlé à ton père. J'ai vraiment besoin de ses conseils.

— Tu auras du mal à le joindre aujourd'hui, il passe toute la journée chez un vieil ami, qui donne une réception. Mais demain, je suis sûre qu'il trouvera un moment pour te parler. »

Alice distingua nettement des bruits de voix dans le couloir parmi lesquelles celle de Mabel.

Anita, se raidit brusquement.

« Il faut que je me sauve d'ici... Surtout, ne dis à personne que tu m'as rencontrée. Je peux compter sur toi ? »

Alice promit, et sa compagne s'éloigna rapidement vers le fond de la salle. Intriguée, la jeune détective la vit frapper légèrement une applique murale en forme de candélabre. Dans un chuintement, la moitié de la cloison glissa sur le côté, pour aller se loger derrière l'autre partie du mur. Anita franchit le seuil et le mur reprit aussitôt sa position initiale.

Alice voulut tester à son tour le mécanisme. Imitant les gestes de la jeune femme, elle tapota l'applique et, de nouveau, une partie du mur s'effaça, révélant un vaste hangar ressemblant à un entrepôt.

« Très judicieux », observa Marion, qui s'était approchée.

Les deux amies écarquillaient les yeux pour tenter de s'habituer à la pénombre du hangar, lorsqu'une voix forte les fit reculer.

« Cette porte n'était pas ouverte, tout à l'heure ! leur cria Mabel Tansy, de l'autre bout de la galerie. Qui vous a permis... et comment avez-vous réussi à l'ouvrir ? »

À grands pas nerveux, l'organisatrice traversa la salle du musée pour rejoindre Alice et Marion.

« J'ai juste touché ce candélabre, expliqua Alice, et ce passage est apparu.

— Dorénavant, ne touchez plus à rien, conseilla Mabel d'un ton agacé. Il est préférable de tout laisser en l'état jusqu'à l'arrivée de la police, afin qu'ils puissent évaluer eux-mêmes l'étendue des dommages. Suivez-moi, nous les attendrons dans le hall d'accueil. »

D'un geste vif, Mabel appuya sur un bouton situé sur l'autre face de la cloison, côté entrepôt. Instantanément, l'ouverture se referma et le mur de la galerie fut reconstitué.

Alice, Marion et Mabel s'installèrent sur les bancs capitonnés de velours disposés le long des murs du vaste hall. Quelques minutes plus tard, deux officiers de police se présentèrent, escortés d'un homme à la haute stature et à la chevelure rousse bouclée.

« Mabel ! s'esclaffa le rouquin. Qu'est-il arrivé, cette fois ? »

Ses yeux noisette pétillaient d'éclats dorés.

« Nous ne savons pas encore, répondit l'organisatrice. Voici Alice Roy, l'une des bénévoles que nous avons recrutés pour le festival. Apparemment, elle a été la première à se rendre compte qu'il y avait un problème dans la galerie. Racontez à M. Parrish ce que vous avez vu, Alice. »

Alice narra au directeur du village et aux deux policiers sa découverte de la porte entrouverte et de la vitrine bloquant l'accès à la galerie.

Quand elle eut achevé son récit, les policiers notèrent son numéro de téléphone ; l'un d'eux lui laissa sa carte de visite, et la pria de le contacter s'il lui revenait en mémoire un détail susceptible de faire progresser l'enquête. Les deux hommes demandèrent ensuite à se rendre sur les lieux.

Alors qu'elles s'éloignaient en direction des vestiaires, Alice et Marion saisirent au vol quelques bribes de la conversation entre Mabel et Jake Parrish.

« Il faut que vous annuliez le festival ! réclamait la jeune femme. Ce nouvel incident est la goutte d'eau qui fait déborder le vase. Même en constituant des équipes d'urgence, composées de permanents et de volontaires, nous n'arriverons pas à tout remettre en ordre pour mardi.

— Il n'en est pas question, tempêtait Parrish d'une voix furieuse. J'engagerai le nombre de personnes qu'il faudra, mais tout sera prêt à l'heure dite. La galerie n'a pas besoin d'être en service dès le premier jour ; en revanche, je vous garantis que la boutique de souvenirs ouvrira ses portes mardi matin à dix heures précises ! »

Sur ces mots, le directeur tourna les talons. À pas feutrés, Alice s'approcha de Mabel.

« Je serais heureuse de vous aider, et je suis certaine que les autres bénévoles seront d'accord avec moi. »

La jeune femme soupira.

« Merci, Alice. Allez mettre vos camarades au courant des événements. Nous continuerons la formation pendant deux heures, le temps que la police ait fini d'enquêter ici. Ensuite, nous nous attellerons tous ensemble à la tâche. »

L'équipe de bénévoles passa le reste de la matinée en activités diverses ; ils apprirent à cuisiner à la manière des pionniers sur des feux en plein air, ou dans des fours à bois, fabriquèrent artisanalement des bougies et du savon, et s'entraînèrent aux jeux de société de l'époque.

Après un rapide déjeuner, Alice, Bess et Cory participèrent à la remise en état de la galerie d'exposition. Marion et Amy, pour leur part, avaient été désignées pour faire le même travail dans la boutique de souvenirs.

Alice demanda à ses amis d'ouvrir l'œil, afin de déceler d'éventuels indices qui auraient échappé aux policiers. Elle les informa également qu'il existait un passage secret au fond de la salle, que l'on actionnait au moyen d'un candélabre apposé au mur.

« J'aurais dû tout de suite me douter qu'il

existait une autre issue, estima-t-elle. La petite porte par laquelle nous sommes entrés ne pouvait pas être l'unique accès à la salle. Tous les musées disposent de larges ouvertures, afin de permettre la circulation des objets, pour les expositions.

— Il faut donc admettre que le ou les vandales connaissaient cette porte secrète, déduisit Cory. Ils savaient qu'ils pourraient s'enfuir sans être inquiétés.

— Pas nécessairement, argumenta la jeune détective. Il se peut qu'ils aient accidentellement heurté le candélabre, alors qu'ils s'appliquaient à dévaster la pièce.

— En tout cas, tout ce gâchis est bien triste, déplora Bess. Apparemment, le musée a consacré une exposition aux arts textiles, le mois dernier. Regardez un peu tous ces beaux tissus abîmés, lacérés... »

Elle ramassa des lambeaux de tissus ; certains étaient brodés de motifs de fleurs ou d'oiseaux, d'autres magnifiquement ourlés de dentelle fine. Il y avait aussi des morceaux de couvertures tissées. Toutes ces pièces semblaient très anciennes.

« Tiens, on dirait un arbre généalogique », remarqua-t-elle en assemblant plusieurs fragments d'un matériau jauni éparpillés sur le sol.

Les trois amis fouillèrent minutieusement autour d'eux, afin de reconstituer le puzzle. Ils parvinrent à reformer les branches de l'arbre, mais le tissu était si rongé que les noms brodés aux extrémités étaient indéchiffrables.

L'une des employés permanentes du village se pencha sur leur ouvrage.

« Je me souviens très bien de ce document, observa-t-elle. Il était encadré et suspendu à un crochet, sur le mur. Plus d'une fois, nous nous sommes arrachés les yeux pour tenter de lire les inscriptions. Récemment, l'un des conservateurs du musée en a établi une copie à l'encre sur papier, afin que les visiteurs puissent déchiffrer les noms. Cet exemplaire était affiché à côté de l'original. »

La femme inspecta le sol autour d'elle, puis haussa les épaules.

« Ce document a dû être détruit, lui aussi. Dommage, il contenait des explications intéressantes. »

Alice et ses camarades se remirent à l'ouvrage ; tout en nettoyant, triant, rangeant, ils tentèrent de retrouver ce précieux feuillet. En vain.

Vers quinze heures, une autre équipe vint prendre la relève. Les bénévoles purent grignoter quelques biscuits et se désaltérer. Puis ils descendirent au sous-sol.

Les murs des vestiaires étaient occupés par des portants auxquels étaient accrochés une multitude de costumes. Sur le sol, des boîtes contenaient des souliers et des bottes, des chapeaux et des bonnets, des ceinturons et des cravates pour les hommes, de grands cols blancs pour les femmes, ainsi que des bourses en daim de toutes les tailles. Un casier, ainsi qu'un numéro correspondant à un vêtement donné fut attribué à chaque bénévole.

« Normalement, expliqua Mabel, vous auriez dû porter vos costumes toute la journée. Il faut un certain temps pour s'habituer à ces habits empesés. »

Alice, Bess, Marion et Amy décrochèrent leurs atours de la penderie et s'extasièrent devant la beauté des tissus. Elles enfilèrent d'abord un jupon blanc bouffant, puis une longue robe aux coloris chatoyants. Bess arborait une robe en soie à fond jaune pâle, sur lequel étaient imprimés des motifs de fleurs ; un liseré de dentelle faisait le tour de la jupe, à une vingtaine de centimètres au-dessus de l'ourlet. Alice et Amy portaient des tenues unies, plus sobres, bleue pour la première, rouge pour la seconde. Quant à Marion, sa robe verte rehaussée d'une fine rayure bleu marine mettait en valeur son teint de brune.

Sous prétexte de l'aider à arranger sa coiffure, Alice attira Marion un peu à l'écart.

« As-tu découvert des indices intéressants, en travaillant dans la boutique de souvenirs ?

— Non, pas le moindre, répondit son amie. Seulement un désordre apocalyptique... Aux dires des responsables des lieux, rien ne semble avoir été dérobé. De tout façon, la caisse avait été vidée la veille au soir. Apparemment, il s'agit d'un acte de pur vandalisme. C'est vraiment scandaleux. »

Les deux amies rejoignirent leurs camarades et achevèrent de se préparer. Toutes les robes avaient des manches longues et de grands cols blancs, celles de Bess et d'Alice étaient pourvues, en outre, d'une large ceinture ornée d'un nœud dans le dos.

Ensuite, les quatre jeunes filles allèrent chercher des bonnets ; le choix d'Alice et d'Amy se porta sur des modèles en paille tressée, avec un ruban qui se nouait sous le menton. Marion préféra une simple calotte en lin blanc, maintenue par un cordon ; quant à Bess, elle dégota une coiffe qui entourait son visage en lui donnant la forme d'un cœur, et s'ornait d'un gros nœud bleu sur l'oreille.

« Vous êtes toutes éblouissantes ! les complimenta Cory.

— Tu n'es pas mal non plus, mon cher frère ! » fit Amy après l'avoir observé sous toutes les coutures.

Le jeune homme portait un pantalon gris, un gilet rayé et une courte veste avec des pans et des revers en velours. Sa chemise blanche avait un petit col cassé et, en guise de cravate, il arborait un large ruban de satin noir noué en deux boucles rondes sur sa poitrine, à la manière d'une lavallière. Sur sa chevelure blonde, il avait posé un élégant chapeau de feutre gris

« Merci, ma chère sœur », répondit-il en s'inclinant respectueusement.

Se tournant vers Bess, il lui tendit la main.

« Mademoiselle, m'accorderiez-vous l'honneur de faire quelques pas en ma compagnie ? »

Il prit la main que Bess lui offrait et, la serrant sous son bras, fit avec elle le tour de la pièce, sous le regard amusé de ses camarades.

Bess était rose de plaisir.

« Ces costumes ont vraiment un pouvoir magique. Je me sens toute différente, comme si je vivais réellement au siècle dernier.

— Moi aussi, je me sens différente, grommela Marion. Je me sens engoncée, épaisse et archaïque !

— Arrête un peu de gémir, rétorqua Alice avec un large sourire. Tu es absolument ravissante. »

Les bénévoles en tenue passèrent la fin de l'après-midi à vaquer à leurs tâches respectives, sous la direction de Mabel et des autres employés permanents du village. À la fin de la journée, on leur annonça que leur période de formation était désormais accomplie et qu'ils pouvaient rentrer chez eux.

Sur le chemin du retour, Alice et ses amies se rendirent compte avec étonnement qu'elles étaient harassées. À la fatigue due au travail, s'ajoutaient les émotions causées par la découvertes des pièces vandalisées.

Après avoir déposé Bess et Marion devant

leurs demeures respectives, la jeune détective gara sa voiture devant chez elle. Au moment où elle claquait sa portière, elle vit son père arriver à son tour.

James Roy passa un bras affectueux autour du cou de sa fille.

« Doucement, papa, dit-elle, j'ai les épaules en compote. Je pensais tout connaître de la rude existence des pionniers d'Amérique, mais aujourd'hui, j'ai réalisé que c'était bien pire que je l'imaginais !

— Tu n'es pas découragée, tout de même ?

— Non ! certainement pas... Mais c'est incroyable de penser à l'énergie que ces gens déployaient pour seulement préparer un dîner. De nos jours, il faut moins de temps pour confectionner les repas d'une semaine entière ! »

James Roy ouvrit la porte de la maison et déposa son attaché-case sur la table basse de l'entrée.

« Je suppose que vous vous êtes régalées de petits plats exquis...

— Oui, admit Alice en souriant. Mais je continue à penser que la pizza et le micro-ondes sont des inventions géniales ! »

La jeune fille informa ensuite son père des événements qui avaient émaillé la journée. Cela la délivra de toute la tension accumulée depuis le matin. Parler avec son père, avait toujours été pour elle le meilleur des remèdes.

« Tu as raison, approuva James Roy lorsqu'elle

eut achevé son récit, il semble que le village ait de sérieux problèmes. Sois prudente, Alice, reste sur tes gardes. Je ne voudrais pas qu'il t'arrive quelque chose pendant que tu travailles dans ce... »

Il ne put terminer sa phrase, car la porte du salon s'ouvrit en coup de vent.

« James ! Alice ! »

Anita Valdez se tenait dans l'embrasure de la porte, les yeux exorbités. Devant les mines ahuries de ses hôtes, elle esquissa un sourire embarrassé.

« Bonsoir... Excusez mon intrusion, j'ai supplié Sarah de me laisser entrer. Il fallait que je vous parle d'urgence, car il m'arrive une chose inimaginable. Vous n'allez pas me croire, mais... je viens d'être licenciée ! »

Chapitre 4

Un bruit dans l'ombre

« Licenciée ! répéta Alice, abasourdie. Mais... pour quelle raison ?

— Oh... en fait, je me doutais bien que cela finirait par arriver. Je suis sincèrement désolée de vous assaillir avec mes problèmes, mais je ne savais vraiment pas vers qui me tourner.

— Assieds-toi, Anita, conseilla l'avocat d'une voix calme. Et raconte-nous tout, tranquillement. »

La jeune femme s'exécuta en se contrôlant tant bien que mal pour ne pas éclater en sanglots.

« Vous vous souvenez peut-être d'une précédente conversation que nous avions eue... Je soupçonnais des agissements anormaux à Persimmon Woods. Pas dans le cadre des attractions touristiques, quoique là aussi des phénomènes étranges se soient produits, mais dans l'administration du village, plus particulièrement dans la comptabilité.

— Je crois que tu avais une question à poser à mon père, intervint Alice.

— C'est exact. En fait, il me semble maintenant que tout est lié : les comptes trafiqués et les prétendus incidents au village. Quelqu'un cherche à saboter l'établissement, c'est évident.

— C'est une accusation très grave, releva Alice. Qui pourrait avoir intérêt à agir ainsi ? Et pour quel motif ?

— Qui ? mais Jake Parrish, bien sûr ! affirma Anita d'un ton catégorique. Jake est le descendant de Brandon Parrish, le fondateur du campement de pionniers originel, en 1825. Le grand-père de Jake, Brandon troisième du nom, conçut l'idée de restaurer les bâtiments anciens et de créer un musée vivant, le Village de pionniers de Persimmon Woods. Désireux d'associer l'État à son projet, il choisit de créer une fondation d'intérêt public, chargée d'entretenir et de gérer la propriété familiale dans un but éducatif.

— Jake Parrish touche un important salaire, en tant que directeur de l'institution, fit remarquer James Roy. C'est une figure importante de la vie culturelle et artistique de la région, il s'associe à de nombreuses opérations. S'il vole dans la caisse de sa propre fondation, il va s'attirer de très sérieux ennuis. »

Anita hocha la tête en signe d'assentiment.

« Je peux vous confirmer qu'il gagne effectivement très bien sa vie... mais peut-être cela ne lui suffit-il pas. Je suis certaine qu'il détourne des fonds. Je n'ai malheureusement pas eu l'occasion de vérifier tous les chiffres mais, d'après mes premiers calculs, le trou doit être de l'ordre de cent mille dollars.

— Mais... pourquoi ? » demanda une nouvelle fois Alice.

Anita eut un regard noir.

« Je ne connais pas son mobile, mais le coupable ne peut être que lui. À part moi, il est le seul à avoir accès aux livres de comptes et à la caisse.

— As-tu entendu parler de la Dame à la lanterne ? interrogea la jeune détective. Elle est peut-être responsable de la disparition de l'argent, qui sait ?...

— Tu veux parler du fantôme de Persimmon Woods ? Elle alimente de nombreuses conversations, parmi les employés du village. Personnellement, je ne l'ai jamais rencontrée, mais j'ai recueilli les témoignages de ceux qui l'avaient vue. J'ignore de quoi il s'agit réellement. À mon avis, les villageois entretiennent à dessein cette légende, qui attire de nombreux curieux.

— Je fais partie de ceux qui l'ont vue... » indiqua Alice.

Elle raconta à sa voisine la lugubre apparition qui avait semé le trouble parmi les bénévoles, lors de la promenade en charrette.

« En tout cas, conclut Anita, si c'est elle qui

puise dans la caisse, il ne s'agit pas d'un fantôme !

— Quelles preuves as-tu des malversations de Jake Parrish ? questionna James Roy d'une voix calme, professionnelle. Tu dois savoir qu'en matière de justice, de simples soupçons ne suffisent pas. »

La jeune femme laissa échapper un soupir d'impuissance.

« Hélas, je n'ai encore rien de tangible. C'est d'ailleurs pour cela que je fais des heures supplémentaires en cachette : dans le but de constituer un dossier solide. Je vérifie un à un les fichiers de la comptabilité, et je les compare à ceux que j'avais précédemment enregistrés sur une disquette de sauvegarde. J'ai constaté que certains chiffres ont été récemment modifiés. On a trafiqué les comptes que j'avais dressés au fil des mois... »

Anita dut s'interrompre un instant pour reprendre son souffle, puis poursuivit.

« Apparemment, Jake a découvert mon manège. Il m'a convoquée aujourd'hui pour me signaler mon renvoi, sans me fournir la moindre explication. Comble de l'humiliation, il m'a fait escorter par un vigile jusqu'au portail... Je n'ai pas eu le temps de vider mon bureau, ni bien sûr d'emporter le moindre document avec moi. Jake m'a seulement fait savoir qu'il me ferait parvenir mes effets personnels. »

Alice et son père tentèrent de réconforter leur

voisine du mieux qu'ils purent, mais, en quittant la maison des Roy, Anita était encore bouleversée.

Autour du dîner froid que leur avait préparé Sarah, leur gouvernante, le père et la fille évoquèrent les révélations que venait de leur faire Anita.

« Ce qui lui arrive est terriblement injuste, estima Alice. Crois-tu qu'elle a vraiment mis le doigt sur une escroquerie ?

— Il est trop tôt pour le dire, ma chérie. Nous qui connaissons Anita, nous pouvons juger de sa bonne foi. Mais pour porter l'affaire devant les tribunaux, il lui faudra des preuves sérieuses. Le détournement de fonds est un grave délit, surtout lorsqu'il porte atteinte à une fondation d'intérêt public. »

L'avocat fixa intensément sa fille.

« Tu retournes au village demain, n'est-ce pas ?

— Oui. Les installations seront fermées aux visiteurs, comme tous les lundis, mais nous nous entraînerons deux heures, dans la matinée. Tous les employés permanents seront là, pour répéter avec nous les conversations et les manipulations caractéristiques de chaque poste de travail. Ensuite, il n'y aura plus qu'à attendre le déferlement des touristes, mardi matin...

— Sois prudente, ma chérie, lui intima James Roy. Garde les yeux grands ouverts. »

La jeune fille se leva et alla embrasser son père.

« Je te promets de rester sur mes gardes, papa. Merci de ton conseil. »

Dans sa chambre, après s'être préparée pour la nuit, Alice décrocha son téléphone et appela Marion, à qui elle raconta la visite d'Anita.

« Cette théorie est intéressante, estima Marion. Reste à savoir si elle est plausible... Crois-tu réellement que Jake Parrish puisse être l'instigateur de tous les problèmes du village – y compris les actes de vandalisme d'hier ?

— Je l'ignore, soupira la jeune détective. Anita s'est montrée très péremptoire dans ses affirmations ; par malchance, elle s'est fait mettre à la porte avant d'avoir pu réunir suffisamment de preuves pour étayer ses accusations. »

Les deux amies discutèrent encore un moment, puis se souhaitèrent bonne nuit. Marion proposa d'appeler sa cousine, afin de la tenir au courant des derniers rebondissements.

Alice se coucha tôt mais, en dépit de la fatigue qu'elle ressentait, elle ne parvint pas à trouver le sommeil. L'esprit bondissant d'une idée à l'autre, elle se tournait et se retournait dans son lit. Soudain, elle se dressa sur son séant.

« Et si je me chargeais moi-même de collecter les preuves nécessaires à Anita ? énonça-t-elle à voix haute. Il faut que je trouve un moyen de m'introduire dans le bureau de la comptabilité... »

Avec cette perspective, elle enfouit la tête sous son oreiller et s'endormit aussitôt.

Le lendemain matin, les trois amies se présentèrent devant leurs casiers à dix heures précises. Toute l'équipe, volontaires et salariés confondus, se vêtit rapidement et chacun se rendit sur son lieu de travail.

Alice descendit l'allée qui menait à la construction de plain-pied, en rondins, qui servait de domicile et de cabinet au médecin du village. Au moment où elle poussait le portail en lattes de bois blanc, elle crut discerner une silhouette familière disparaître derrière la cabane à outils adossée à la maison. Malgré le soleil aveuglant, elle fut pratiquement certaine d'avoir reconnu Anita.

Cette présence était pour le moins surprenante... La comptable avait pourtant reçu l'ordre de ne plus revenir au village... Intriguée, Alice contourna la maison au pas de course, mais elle ne trouva personne caché derrière l'appentis.

Lorsqu'elle pénétra dans la demeure du médecin, Mabel l'accueillit.

« Ah ! vous voilà, Alice... Parfait. Mettons-nous au travail sans attendre. »

Elle conduisit sa jeune assistante dans le « cabinet médical », où elle lui décrivit un à un tous les ustensiles étranges utilisés par le praticien. Puis elles visitèrent les autres pièces de la maison, joliment décorés de parquets aux teintes vives, de papiers peints aux motifs chatoyants et de meubles en bois ciré.

« J'ai invité la famille du forgeron à nous rejoindre tout à l'heure, expliqua Mabel. Ils joueront le rôle de touristes, et nous pourrons ainsi répéter notre petit discours sur la cuisine des pionniers. J'expliquerai le fonctionnement de la broche, puis vous leur parlerez du four à bois.

— Entendu », acquiesça Alice, espérant qu'elle parviendrait à se souvenir de tout ce qu'elle avait appris sur ce sujet.

Le forgeron, sa femme et leur fille Georgina, incarnée par Marion, arrivèrent une demi-heure plus tard. Aussitôt, Mabel se glissa dans la peau de son personnage.

« Bonjour, et bienvenue dans notre maison. Mon nom est Mabel, je suis l'épouse du docteur Herman. Et voici ma sœur cadette, Alice. Elle réside habituellement dans le Kentucky, mais elle est venue passer quelque temps avec nous.

— Le docteur n'est pas là ? demanda le forgeron.

— Il a été appelé pour une consultation à domicile dans l'une des maisons du village. J'espère qu'il ne s'absentera pas aussi longtemps qu'hier... De cette visite-là, il est revenu avec deux poulets !

— Deux poulets ? releva Georgina-Marion. Qu'est-ce que cela signifie ?

— Ma foi, cela veut dire qu'il a été payé de deux volailles, alors que le prix d'une consultation ordinaire est d'une seule. »

Alice croisa le regard de son amie, et toutes deux échangèrent un sourire de connivence.

« Et voici le sort que nous leur avons réservé ! » enchaîna Mabel en désignant une roue suspendue devant le foyer. Mabel saisit la manivelle et la roue se mit à tourner sur elle-même, entraînant une longue chaîne qui s'enroula tout autour. Au bout de la chaîne, était accroché un contrepoids en fonte qui vint se bloquer contre la roue.

Quand l'opération fut achevée, Mabel se tourna vers son auditoire.

« Maintenant, comme vous pouvez le voir, la roue va lentement tourner en sens inverse, déroulant progressivement la chaîne. Il faudra deux heures pour que le mécanisme s'arrête. Le contrepoids aura alors touché le sol... et les poulets seront dorés à souhait ! »

Elle attira l'attention sur une longue perche métallique placée au-dessus des flammes, sur laquelle étaient embrochées deux poulets bien dodus.

Parfaitement rôdée à ces séances de démonstration, la femme du forgeron posa la question que l'on pouvait attendre d'un touriste.

« Dites-moi, où faites-vous cuire votre pain ? »

Avec un sourire, Mabel se tourna vers sa

« sœur », l'invitant à prendre la parole à son tour. Alice prit sa respiration et se lança.

« En arrivant ici, vous avez probablement remarqué le grand dôme en brique adossé à la maison, dit la jeune fille en ouvrant une porte encastrée dans le mur à hauteur d'épaule. C'est notre four. Nous l'alimentons régulièrement en bûches, et la chaleur s'emmagasine dans ce foyer, puis se diffuse lentement par des bouches d'aération. Cela nous permet de cuire tout notre pain, ainsi que des gâteaux. »

Mabel et Alice escortèrent ensuite leurs hôtes dans les autres pièces de l'habitation. Ils discutaient à bâtons rompus, tout naturellement. D'autres villageois passèrent et se mêlèrent à la conversation, ce qui donna à Alice l'opportunité d'enregistrer des tas d'informations nouvelles.

La matinée passa très vite. Lorsque Alice et ses amies eurent quitté leurs costumes et remis leurs jeans, T-shirts et gilets, tous les autres bénévoles avaient déjà déserté les vestiaires.

« J'aimerais faire un petit tour dans le bureau qu'occupait Anita », confia la jeune détective à Bess et Marion.

Elles s'attardèrent quelques instants au sous-sol, pour s'assurer que la voie était totalement libre.

« Cory et Amy ont proposé que nous les retrouvions chez Rocko pour manger, se souvint soudain Bess. Je leur ai dit que nous avions prévu autre chose, et que nous n'étions pas sûres de pouvoir les rejoindre.

— Si je trouve rapidement ce que je cherche, nous irons déjeuner avec eux. Je n'ai pas l'intention de jouer avec le feu trop longtemps. Anita m'a indiqué que les bureaux administratifs étaient situés au premier étage, juste au-dessus du hall d'accueil et de la galerie. Son bureau est le troisième dans le couloir.

— Comment comptes-tu y entrer ? s'inquiéta Marion. La porte est certainement fermée à clé.

— À vrai dire, je n'en sais trop rien. Nous aviserons sur place.

— Et le gardien ? renchérit Bess. Comment vas-tu faire pour l'éviter ?

— Il se tient habituellement dans le hall d'accueil, répondit Alice. Et, il est très sympathique. Mon plan est le suivant : vous deux, vous resterez au rez-de-chaussée et vous engagerez la conversation avec lui. Ne le laissez pas s'éloigner. Prétextez que vous attendez une amie, qui ne devrait pas tarder. Pendant ce temps-là, je me faufilerai jusqu'au premier étage.

— D'accord, mais ne traîne pas, intervint Bess. Depuis les incidents d'hier, tout le monde est sur le qui-vive. Inutile de nous attirer des ennuis. »

Alice se dissimula dans la cage d'escalier du rez-de-chaussée, tandis que ses complices abordaient le vigile. Lorsqu'elle entendit des bruits de voix, elle monta prestement les marches et se retrouva à l'étage. Le couloir était plongé dans l'obscurité, éclairé seulement par le néon verdâtre signalant la sortie d'urgence. Elle tourna la poignée de la troisième porte.

Comme elle s'y attendait, le verrou était poussé. En revanche, elle constata que le crochet qu'elle emportait toujours avec elle ne fonctionnait pas sur cette serrure. En se reculant légèrement, elle remarqua que la porte, d'une facture ancienne, était constituée, dans sa partie haute, d'une grande fenêtre à meneau horizontal. Elle se rappela que Sarah avait un jour attiré son attention sur une porte du même genre. La fenêtre disposait au sommet de charnières qui permettaient de l'ouvrir. La gouvernante lui avait expliqué que l'on utilisait autrefois ce genre d'ouverture pour faire circuler l'air dans les pièces.

Alice prit son élan et sauta, dans l'espoir d'atteindre la fenêtre ; mais elle ne parvint qu'à effleurer la vitre du bout des doigts. Elle courut alors jusqu'aux toilettes, au bout du couloir, où elle trouva une chaise. En montant dessus, elle parvint sans peine à hauteur de la fenêtre, qu'elle poussa doucement.

Elle se hissa alors à bout de bras, et passa une jambe après l'autre. Puis, suspendue de l'autre côté de la porte, elle se laissa souplement tomber à terre.

La pièce était plongée dans l'obscurité la plus totale, et la jeune détective alluma la petite lampe posée sur le bureau. Elle remarqua une réglette en métal sur laquelle était gravé le mot « trésorier ».

Alice passa derrière la table de travail. Fébrile, elle sentait le sang battre à ses tempes. Il fallait agir très rapidement. Si quelqu'un venait à passer dans le couloir, il remarquerait la chaise et la fenêtre ouverte...

Un à un, elle essaya d'ouvrir les tiroirs. Tous étaient verrouillés. Son regard se porta alors sur l'ordinateur. Après l'avoir allumé, elle pianota sur le clavier, afin d'ouvrir les fichiers susceptibles de contenir des informations intéressantes.

Soudain, un bruissement dans un coin sombre de la pièce la glaça d'effroi. Retenant son souffle, elle s'immobilisa, les doigts en suspens au-dessus des touches. Elle n'était pas seule dans la pièce...

Avant qu'elle ait pu se retourner, une main puissante se plaqua sur sa bouche.

Chapitre 5

Frissons sur la ligne

Alice se débattit, pour faire lâcher prise à son agresseur. Mais l'étreinte se resserra plus fermement sur son visage. En même temps, elle se sentit soulevée de sa chaise. Malgré ses efforts pour garder l'équilibre, elle n'était pas de taille à lutter contre la brute qui s'attaquait à elle. Comme dans un cauchemar, elle eut l'impression qu'on la traînait dans une autre pièce, puis dans une autre encore. Autour d'elle, l'obscurité régnait. Seule une poussiéreuse lucarne laissait filtrer un rayon de soleil blafard.

Lorsque ses yeux se furent habitués à la pénombre, elle distingua des piles de cartons et de caisses. Une odeur de moisi s'insinua dans ses narines. Avait-elle échoué dans un vieux grenier, ou un entrepôt abandonné ?

Dans une ultime tentative pour se libérer, elle se cabra de toutes ses forces. Mais il était déjà trop tard. Une main puissante la jeta dans un réduit exigu et sombre. Un claquement sec, suivi du bruit d'un verrou qu'on pousse, résonna dans sa tête à la manière d'un verdict : elle était prisonnière...

Un silence inquiétant s'installa alors. Alice retint son souffle. Enfin, des bruits de pas décrurent. La jeune fille prit alors une large inspiration. Elle attendit encore quelques instants, pour être certaine que l'individu ne rebroussait pas chemin.

Quand elle jugea que la voie était libre, elle sortit son crochet de la poche de son jean et l'utilisa pour ouvrir la serrure. En quelques secondes, elle était libre.

Grâce à la lueur dispensée par la lucarne, elle comprit qu'elle se trouvait sur une mezzanine dominant une autre pièce. Elle s'approcha de la balustrade et, s'y accoudant, reconnut en contrebas l'entrepôt situé derrière la galerie d'exposition, auquel on accédait par une porte dérobée...

Une main sur la rambarde, Alice courut jusqu'à un escalier en colimaçon, qui menait à l'étage inférieur. Arrivée dans l'entrepôt, elle longea le mur, tourna à l'angle, puis avança encore de quelques pas à la recherche d'une aspérité sur la surface du mur. Après avoir tâtonné un certain temps, elle trouva ce qu'elle cherchait : le bouton que Mabel avait actionné pour faire coulisser la porte.

Comme la fois précédente, la paroi se déroba,

ouvrant le passage vers la salle du musée. Alice referma alors la porte, en effleurant le candélabre. Puis, elle se hâta de rejoindre l'autre issue, celle qui débouchait sur le hall d'entrée. Elle déverrouilla la serrure puis, prudemment, entrouvrit la porte.

Au loin, lui parvenaient des voix. Bess et Marion avaient bien rempli leur mission, elle s'entretenaient toujours avec le gardien. Tous trois devaient se trouver dans un angle de la pièce, car Alice ne pouvait pas les voir. Profitant de l'aubaine, la jeune détective se faufila dans l'embrasure et referma discrètement la porte de la galerie derrière elle.

Elle inspira profondément et secoua ses vêtements couverts de poussière. Puis elle marcha en direction de ses amies. Lorsqu'elles l'aperçurent, celles-ci parurent surprises de la voir surgir de ce côté, plutôt que de l'escalier. Alice se composa un sourire faussement détaché.

« Coucou, me voilà ! Êtes-vous prêtes à partir ? »

Le gardien escorta les trois jeunes filles jusqu'à la porte principale du hall d'entrée. Quelques minutes plus tard, installées dans la Mustang d'Alice, elles filaient vers le *Rocko's Tacos* où elles avaient rendez-vous.

« Mon Dieu ! s'exclama Bess, quand Alice eut achevé son récit. D'après toi, qui t'a agressée ?

— Je ne sais pas, répondit Alice en garant son véhicule sur le parking du restaurant mexicain. En tout cas, il ne s'agissait pas d'un fantôme ! J'ai déjà réuni quelques indices... Mais vous ? Avez-vous vu quelqu'un traverser le hall, pendant que vous m'attendiez ?

— Personne, certifia Marion. Il n'y avait que le gardien et nous. »

À travers la fenêtre de l'établissement, Alice reconnut les visages de Cory et d'Amy.

« On dirait que nos amis nous ont attendues... C'est gentil de leur part. Au fait, pas un mot de tout ceci pendant le repas, d'accord ? Pour l'instant, je préfère ne pas ébruiter l'incident. »

Bess toussota d'un air gêné.

« J'ai bien peur qu'il soit trop tard...

— Que veux-tu dire ?

— Je voulais t'en parler, mais je n'en ai pas encore eu l'occasion. Tout à l'heure, je discutais avec Cory de la Dame à la lanterne et de tous les événements étranges qui se sont déroulés au village. Sans réfléchir, j'ai mentionné que tu étais détective et que tu menais l'enquête. Cory et sa sœur ont été très impressionnés. Ils ont promis de ne rien révéler à personne, et ont même proposé leur aide. »

Marion leva les yeux au ciel.

« Tu es vraiment incorrigible ! Imagine qu'ils le répètent, sans le vouloir. Ce genre d'étourderie peut avoir des conséquences très graves. Par exemple, la séquestration d'Alice dans un cagibi noir... Tu vois ce que je veux dire ? »

Devant l'expression pitoyable de Bess, Alice la rassura amicalement.

« Allons, pas de panique. S'ils souhaitent réellement nous aider, ils sauront tenir leur langue. Tu n'as pas fait allusion à Anita et au détournement de fonds qu'elle soupçonne, n'est-ce pas ?

— Oh non ! Nous avons seulement discuté des phénomènes bizarres qui ont frappé le village ces derniers temps et du rôle de la Dame à la lanterne.

— Parfait, conclut Alice. N'en disons pas davantage. Pas un mot sur Anita, Jake Parrish et les histoires financières. Nous n'avons pas le droit de trahir la confiance d'Anita. »

Alors qu'elle ouvrait sa portière, Marion la retint.

« Un instant. Avant de rejoindre nos amis, j'aimerais une précision. Tu as dis que tu avais déjà des indices sur ton agresseur...

— Rien ne t'échappe ! Eh bien, je sais déjà que celui ou celle qui m'a séquestrée était gaucher. »

Bess eut un mouvement de stupeur.

« Comment as-tu pu remarquer cela ?

— C'est simple. Rappelle-toi, je t'ai dit qu'on m'avait attaquée par derrière. Mon agresseur a posé sa main gauche sur ma bouche. J'en ai déduit que c'était sa main directrice. En outre, j'ai nettement senti son pouce sur l'arête gauche de mon nez. »

Les trois jeunes filles entrèrent dans le restaurant. Amy et Cory les saluèrent de la main. Le jeune homme se leva et, s'inclinant galamment, les invita à s'asseoir à leur table.

« Prenez place, gentes demoiselles, et faites-nous l'honneur de vous sustenter avec nous...

— Ho là là ! s'esclaffa Amy. Voilà que tu te mets à parler comme au XIXe siècle ! Assieds-toi donc, toutes ces courbettes me donnent mal à la tête ! »

Le jeune homme prit son air le plus distingué pour offrir un siège à Bess, avant de prendre place à côté d'elle.

« Ainsi, Alice, tu nous avais caché ta vraie nature... Bess nous a confié que tu étais détective, et que tu enquêtais sur les mystères de Persimmon Woods. En quoi pouvons-nous nous rendre utiles ?

— As-tu déjà résolu l'énigme du saccage d'hier ? la pressa Amy.

— Non, pas vraiment, répondit prudemment la jeune fille. Les indices dont je dispose sont encore bien minces. En tout cas, j'apprécie votre proposition de m'aider. Le meilleur service que vous puissiez me rendre, c'est de garder les yeux et les oreilles grands ouverts. Alertez-moi dès que vous constatez quelque chose d'étrange, ou si vous remarquez que quelqu'un agit bizarrement. Surtout, promettez-moi la plus grande discrétion.

— Tu peux compter sur nous, affirma Cory.

— En plus, renchérit sa sœur, nous adorons

ce lieu et nous sommes désolés par la tournure que prennent les événements. Persimmon Woods, c'est toute notre enfance... J'aurais le cœur brisé si le village venait à être détruit, ou fermé au public. »

Alice était convaincue qu'Amy disait la vérité. Celle-ci but une gorgée de soda, repoussa une longue mèche brune tombée sur son visage puis, soudain, releva la tête.

« Mais au fait, j'ai effectivement vu un individu rôder à l'arrière du hall d'accueil tout à l'heure, au moment où nous quittions le village. Il avait l'air plutôt louche... »

Alice, qui s'apprêtait à mordre dans son taco[1], leva les yeux :

« Sois plus précise. En quoi t'a-t-il paru louche ?

— Je ne sais pas... C'était une espèce de colosse à la tignasse noire. Je ne l'avais encore jamais vu dans le village. Il avait une curieuse façon de marcher, en se retournant fréquemment, comme s'il craignait d'être vu.

— Est-ce qu'il avait une bague ?

— J'était trop loin pour distinguer ce détail. Désolée... »

Cory faillit s'étrangler avec sa bouchée de taco :

« Pourquoi cette question, Alice ?

— J'ai été attaquée il y a une heure environ,

1. Galette de maïs mexicaine pliée, garnie de légumes et de poulet.

non loin de l'endroit où Amy a vu l'homme au comportement suspect. »

En quelques mots, la jeune fille raconta sa mésaventure, sans toutefois faire la moindre allusion au bureau d'Anita. Elle précisa qu'elle pensait que son agresseur était gaucher et expliqua pourquoi.

« Il portait une bague à l'index gauche, ajouta-t-elle encore. Une sorte de chevalière, dont le plateau s'ornait d'une inscription. C'est du moins ce que j'ai cru voir, lorsqu'il a plaqué sa main sur ma bouche.

— D'après toi, le colosse en question serait le même que celui qui t'a attaquée ? »

La jeune fille attendit que la serveuse qui leur apportait des boissons se fût éloignée avant de répondre.

« Juste une présomption. Toutefois, je pense en effet que c'est un homme qui m'a assaillie. Ou alors, si c'est une femme, elle possède une force peu commune.

— Mes amies, intervint soudain Cory, nous discuterions encore bien volontiers... malheureusement, notre mère a besoin de la voiture cet après-midi. N'hésitez pas à faire appel à nous. Nous serions enchantés de participer à l'enquête. »

Alice lui sourit chaleureusement.

« Merci beaucoup. Amy, si jamais d'autres détails te reviennent en mémoire, au sujet de l'inconnu, prends contact avec moi. »

Elle griffonna son numéro de téléphone sur un morceau de papier, qu'elle tendit à sa camarade.

Quand le frère et la sœur furent sortis, Alice, Bess et Marion terminèrent leur déjeuner tout en discutant à bâtons rompus.

« Si ton agresseur et l'homme décrit par Amy ne font qu'un, quelle peut être la motivation de ses actes ? demanda Marion.

— Il cherchait peut-être les mêmes renseignements que moi, suggéra la jeune détective. Comme je le gênais, il s'est débarrassé de moi et je n'ai pas eu le temps de découvrir quoi que ce soit d'intéressant.

— Si tu dis vrai, cette version innocente Jake Parrish, remarqua Marion. Il peut avoir accès à ces fichiers à n'importe quel moment.

— Il y a peut-être une autre hypothèse, avança Bess. Imaginons que quelqu'un se soit rendu compte qu'Alice menait discrètement l'enquête sur les mystères de Persimmon Woods. Et que cela le gêne... Il aura cherché à l'intimider, pour la dissuader de poursuivre ses investigations.

— Qui aurait bien pu l'informer ? objecta Marion.

— Je l'ignore... En tout cas, ni Cory ni Amy, j'en suis certaine.

— Je suis d'accord avec toi, intervint Alice. Ils sont sincères quand ils disent qu'ils veulent nous aider. Au fait, il m'a semblé voir Anita, ce matin, près de la maison du médecin. J'ai voulu m'approcher d'elle, mais... elle s'était volatilisée. »

Bess ouvrit de grands yeux.

« Je croyais qu'elle était indésirable ici.

— C'est exact. C'est pourquoi sa présence m'a intriguée.

— Tu ne penses tout de même pas qu'elle t'ait suivie dans les étages pour te séquestrer ?

— Non, bien sûr. Je ne suis même pas sûre que c'était bien elle que j'ai vue. Pour quelle raison serait-elle revenue ici ? »

Avec un soupir, Bess repoussa son assiette à peine entamée.

« Ma tête tourne. Trop de questions, trop peu de réponses...

— Je connais un remède infaillible, assura Alice. »

Elle sortit de l'argent pour payer le repas et se leva.

« Allons au bureau de mon père. »

Il leur fallut moins d'une demi-heure pour se rendre dans le centre-ville de River City. Alice gara sa Mustang juste derrière la voiture de James Roy.

« Que comptes-tu faire ici ? s'étonna Marion.

— Mon père possède la plus importante bibliothèque de droit de toute la région, annonça fièrement Alice. Que ce soit dans des livres ou sur des disquettes, tous les renseignements d'ordre administratif ou judiciaire sont consignés dans ses bureaux. Et si nous passions au crible l'histoire du Village de pionniers de Persimmon Woods ? Je veux savoir comment il a été fondé, comment il est financé, qui sont les administrateurs... Bref, rien ne doit nous échapper.

— Je veux bien me charger de la recherche informatique, proposa Bess. Tu n'auras qu'à m'installer devant un terminal, et je te trouverai toutes les bases de données dont tu as besoin. »

La secrétaire les accueillit avec un sourire et, quand Alice eut énoncé sa requête, elle les conduisit vers une petite pièce équipée d'un bureau sur lequel trônait un ordinateur. En quelques minutes, Bess avait trouvé un dossier concernant Persimmon Woods.

« Intéressant... murmura Alice, penchée par-dessus l'épaule de son amie pour lire les données inscrites sur l'écran. Ainsi, le premier directeur du village était un homme du nom de Leo Meier. Jake Parrish était à la tête de la fondation d'intérêt public qui le gérait. Je suis certaine que Parrish dirige désormais les deux structures. »

Elles lurent jusqu'au bout les mentions légales contenues dans le fichier, mais ne découvrirent aucun autre élément intéressant.

« Bess, suggéra ensuite Alice, pourrais-tu te connecter sur le site Internet d'un journal local ?

— Pas de problème.. »

Quelques minutes plus tartd, Bess tomba

directement sur les archives du *River City Times*, le plus important quotidien de la région.

Alice apprit deux choses intéressantes. La première était que Leo Meier, après trois ans passés à ce poste, s'était trouvé licencié. Jake Parrish avait alors cumulé les fonctions de directeur du village et de président de la fondation. Meier avait intenté un procès au village pour licenciement abusif. Toutefois, il avait fini par retirer sa plainte.

La seconde était que Parrish avait été récemment contacté par un promoteur immobilier qui souhaitait racheter le village ; celui-ci avait pour projet de raser les installations existantes, afin de construire un petit aéroport privé. « Moi vivant, cela ne se produira pas ! » avait fermement répondu le directeur des lieux.

Alice imprima ces deux informations puis les trois amies quittèrent l'étude de l'avocat. Pour se distraire, elles passèrent la fin de l'après-midi à faire les magasins. Sur le chemin du retour, elles discutèrent de l'ouverture du festival, qui aurait lieu le lendemain.

« Je voudrais déjà y être ! s'enthousiasma Bess. J'adore mon costume, j'adore Windbreak, cette vieille maison pleine de souvenirs...

— Surtout, tu adores la compagnie de ton coéquipier, le charmant Cory Worth... la taquina Marion. Je dois avouer qu'il est plutôt mignon. »

Bess sourit, mais ne répondit pas.

Une fois rentrée chez elle, Alice appela Anita Valdez et l'interrogea sur Leo Meier.

« Son départ nous a tous surpris, se souvint la jeune femme. C'était un type réglo, sans histoire. Jake et lui avaient été amis et partenaires en affaires pendant de longues années. Il me semble même qu'ils se connaissaient depuis le collège.

— Pourquoi a-t-il été renvoyé, alors ?

— Je n'en sais rien. C'est un sujet que je n'ai jamais abordé avec Jake. Toutefois, selon la rumeur de l'époque, les deux hommes ne partageaient pas la même vision de l'avenir de Persimmon Woods. Jake souhaitait une expansion et une promotion réduites, afin de préserver l'authenticité les lieux – c'est d'ailleurs cette option qui prévaut aujourd'hui. Leo Meier, au contraire, aurait voulu une orientation plus commerciale, avec des attractions comme des toboggans aquatiques ou des montagnes russes.

— Deux conceptions très différentes, en effet... Dis-moi, sais-tu ce qu'est devenu Meier ?

— Aux dernières nouvelles, il a été embauché dans un musée, quelque part en Europe. Mais je dois dire que cela fait plus d'un an que je n'ai pas entendu parler de lui.

— Merci beaucoup, Anita. Ton aide a été précieuse... Au fait, je t'ai aperçue ce matin, au village. Derrière la maison du docteur.

— Comment ? Mais c'est impossible. Je ne suis pas retournée à Persimmon.

— Ne t'en fais pas, je n'en parlerai à personne.

— Tu ne comprends pas, Alice. Ce n'était pas moi, point à la ligne. Maintenant, excuse-moi, mais mon émission commence. »

Sans un mot de plus, la jeune femme raccrocha abruptement.

« Curieux... » murmura Alice, surprise par le comportement de sa voisine.

Avant de quitter la pièce, elle écouta le répondeur. Un seul message avait été enregistré. La voix, basse et étouffée, semblait venir de très loin.

« Ne retournez pas à Persimmon Woods, sinon vous le regretterez... »

Chapitre 6

Un fantôme à la foire

Alice frissonna. Le timbre de la voix était lugubre et froid, comme venu d'outre-tombe. Malgré sa répulsion, elle réécouta le message, et se concentra sur la voix. Mais la personne avait dû la déguiser, car celle-ci était très étrange.

La jeune détective eut la présence d'esprit de sortir la cassette de l'appareil et de la ranger dans un tiroir. Plus tard, cet enregistrement pourrait peut-être constituer une preuve...

Aussitôt après, elle se pelotonna dans son lit en remontant la couverture jusqu'à son cou. Le message de menace résonnait dans sa tête, et Alice ne pouvait trouver le sommeil. Si les spectres parlaient, songea-t-elle, ils auraient certainement ce timbre terrifiant.

Ses pensées la ramenèrent ensuite à l'agression dont elle avait été victime. Elle aurait donné cher pour mettre un visage sur la brute qui l'avait jetée dans le cagibi.

« Tu n'es pas un fantôme, toi ! grommela-t-elle dans un demi-sommeil. Qui que tu sois, tu ne m'empêcheras pas de mener ma petite enquête... »

Le mardi matin, le festival de la Lune rousse ouvrit ses portes à dix heures précises. Le village de pionniers de Persimmon Woods était en effervescence. De toutes les collines environnantes, des tirs de canons annonçaient le début des réjouissances ; l'entrée des premiers touristes était saluée par des salves de mousquets.

Dans son rôle de belle-sœur du médecin, Alice ne chômait pas.

La majeure partie de la matinée fut consacrée à la préparation du repas. Mabel expliqua aux touristes qu'elles attendaient la famille du forgeron pour déjeuner, vers midi, et qu'elles devaient donc confectionner des plats plus sophistiqués qu'à l'ordinaire.

Alice aida ensuite à la cueillette des légumes dans le potager situé derrière la maison ; puis se rendit à la maison de la source, afin de collecter du fromage et du lait. C'était une petite construction bâtie le long d'un ruisseau alimenté par une source naturelle.

En hiver, le ruisseau gelait. Les pionniers utilisaient l'endroit comme une véritable glacière, et y conservaient toute sorte de produits. Au cœur de l'été, l'eau restait suffisamment froide pour qu'on puisse y mettre à rafraîchir une pastèque ou des boissons.

À midi, plusieurs villageois se joignirent à Mabel et à Alice pour partager leur déjeuner.

Après le repas, Alice fut chargée de nettoyer la cuisine. Une fois sa tâche exécutée, elle musarda un peu dans la maison. Elle allait s'installer au salon pour ouvrir un livre, quand des bruits de voix attirèrent son attention. Mabel se tenait sur le pas de la porte, en compagnie d'un homme à la forte carrure et à l'abondante chevelure noire. Ils discutèrent encore quelques minutes, puis le visiteur s'éloigna.

« Ça alors, quelle surprise ! commenta Mabel en rejoignant sa coéquipière.

— Qui était-ce ?

— Un certain Leo Meier... son nom ne vous dit probablement rien. Il dirigeait le village, naguère, mais il nous a quittés il y a environ un an. J'avais entendu dire qu'il travaillait désormais en Europe... c'est incroyable de le revoir ici...

— Est-il revenu s'installer aux États-Unis ? demanda Alice.

— Il ne l'a pas précisé. »

Alice, qui ne voulait pas attirer les soupçons, garda le silence.

Elle se remémora la discorde entre Leo Meier et Jake Parrish. Pour quelle raison l'ancien directeur revenait-il, après avoir été bafoué ? Elle repensa également à la description que lui avait faite Amy de l'inconnu au comportement suspect aperçu la veille. Leo Meier correspondait grossièrement à ce signalement... Mais c'était certainement le cas de nombreux hommes.

En fin d'après-midi, les employés du village, les bénévoles et les touristes se retrouvèrent tous au bord de la rivière pour célébrer l'arrivée crépusculaire des marchands. En effet, dans les années 1830, la tradition voulait que trois communautés se réunissent à la lune rousse pour une grande foire, occasion de nombreux échanges.

Pour cette reconstitution, trois groupes avaient été formés. Le premier était composé de résidents de Persimmon Woods, qui avaient préparé leurs marchandises pendant de longs mois. Les femmes avaient tissé des vêtements de laine ou de lin, cousu des couvertures matelassées, et préparé des conserves de fruits et de légumes. Les hommes, pour leur part, avaient confectionné des meubles en bois, des poteries, et fumé des jambons et des saucisses. Les enfants et les jeunes n'étaient pas en reste : ils avaient ramassé des champignons, des herbes aromatiques et des plumes dans les bois.

Le deuxième groupe de marchands rassemblait des Amérindiens venus de Miami et de Pottawatami. Ils avaient remonté la rivière sur des canoës, apportant des bijoux artisanaux faits de perles et de pierres multicolores, des poupées et des figurines taillées dans le bois, ainsi que des couvertures et des tapis tissés à la main.

Le dernier groupe participant à la foire se composait de Canadiens français que l'on appelait les « voyageurs ». Ils étaient également venus sur des canoës, pour proposer des fourrures, des peaux tannées, des épices et de la dentelle.

Alice, Bess et Marion se hâtèrent de gagner la rive de la rivière Muskoka, juste avant l'arrivée programmée des marchands. Cory et Amy se joignirent à elles quelques instants plus tard.

Amy s'approcha de la jeune détective.

« Alice, dit-elle d'un ton de conspiratrice, il me semble avoir revu l'homme d'hier... celui qui rôdait autour du hall d'accueil.

— Bravo, sœurette ! intervint Cory. Tu es une détective chevronnée...

— Où l'as-tu vu ? s'enquit Marion.

— Après le déjeuner, l'épicier m'a chargée de livrer des marchandises chez la femme du potier, expliqua la jeune fille. C'est alors que je l'ai vu, qui remontait l'allée. Peut-être venait-il de la maison du médecin, mais je n'en suis pas certaine. J'ai couru pour m'approcher de lui... et alors, devine ce que j'ai vu !

— Il portait une bague à l'index de la main gauche, avança Alice.

— Exactement ! Comment le sais-tu ?

— Juste une intuition...

— Alice est trop modeste, ajouta Bess avec fierté. En réalité, c'est la reine de la déduction. »

La jeune détective préféra ne pas mentionner le nom de Leo Meier, l'homme qui avait rendu visite à Mabel. La prudence lui conseillait de ne pas encore révéler à ses camarades les soupçons qu'elle nourrissait à l'égard de l'ancien directeur, ni l'aspect financier de l'énigme.

Aussi, décida-t-elle de changer de sujet.

« Admirez un peu ce spectacle, dit-elle en promenant son regard tout autour d'elle. Toute cette foule assemblée... c'est très émouvant, vous ne trouvez pas ? »

Sur la berge, les touristes et les employés du village se mélangeaient tout naturellement. Dans les prairies avoisinantes, de petits stands avaient été installés. Sur des étals posés sur des tréteaux en bois, protégés par des toits faits de simples planches, les villageois avaient disposé les marchandises qu'ils souhaitaient vendre.

Lorsque les Amérindiens et les Canadiens français se présenteraient, ils commenceraient par établir leur campement pour la nuit. L'emplacement qui leur était réservé était situé dans la prairie, non loin des stands. Ils resteraient là jusqu'à la fin de la semaine, tout comme leurs ancêtres du siècle passé avaient l'habitude de le faire. Les produits qu'ils mettraient en vente pourraient être achetés tant par les habitants de Persimmon Woods que par les touristes.

« Écoutez ! s'écria soudain Bess. Entendez-vous comme moi de la musique ?

— Oui, confirma Cory en hochant la tête. Quelqu'un chante...

— En français », précisa Marion.

Scrutant le coude de la rivière, la jeune fille laissa échapper un petit cri.

« Les voilà ! Je les ai vus... »

Des tirs de mousquets saluèrent l'arrivée des marchands. Comme un ballet parfaitement orchestré, un défilé d'une soixantaine de canoës apparut dans la courbe de la rivière. Certaines des embarcations transportaient des familles amérindiennes, parées de leurs plus beaux vêtements en peau, et de tous leurs ornements de perles. Des lanternes scintillaient à la proue des longues barques, illuminant le crépuscule de halos de lumière.

Sur d'autres canoës, se tenaient les *voyageurs*. Les hommes arboraient de larges capuchons de laine noire, ainsi que des pantalons noirs étroits et des bottes. Des pans d'étoffes colorés pendaient à leur ceinture. Les femmes portaient de jolies robes à fleurs. Tous les équipages entonnaient de vieilles chansons du folklore français.

« Fantastique ! s'émerveilla Bess, conquise par la scène qui s'offrait à ses yeux. Sincèrement, je n'ai rien vu de si beau de toute ma vie... »

Les lueurs des canoës se reflétaient dans l'onde immobile, redoublant la magie de l'instant.

À force d'écarquiller les yeux pour ne rien rater du spectacle, Alice eut une illusion d'optique : elle crut un instant voir le reflet des bateaux dans les bois, sur l'autre rive.

Elle ferma les yeux et secoua la tête, puis porta de nouveau son regard sur la forêt.

« Non, je ne rêve pas ! s'exclama-t-elle à haute voix. Venez, suivez-moi ! »

Imitée par ses quatre compagnons, elle se fraya un passage à travers la foule. Tout en slalomant au milieu de la foule, elle gardait toujours l'œil rivé sur les bois.

« Que se passe-t-il, Alice ? » lança Marion, qui fermait la marche.

La jeune détective dressa son index et, d'un mouvement du menton, indiqua le point qu'elle fixait dans le lointain.

« Regardez !

— J'aperçois une lumière, répondit Cory. On dirait qu'une lanterne brûle au milieu des arbres.

— C'est vrai, je la vois aussi, souffla Bess en frissonnant. Serait-ce la Dame à la lanterne ?

— C'est justement ce que j'aimerais savoir, rétorqua Alice. Le petit pont de bois n'est qu'à quelques dizaines de mètres, en aval de la rivière.

— Tu oublies que ce pont est dangereux, intervint Amy. Rappelle-toi, pendant la formation, Mabel nous a dit et répété qu'il ne fallait pas l'emprunter... »

Marion haussa les épaules.

« Plusieurs permanents du village m'ont dit qu'ils passaient par là fréquemment. Il faut seulement veiller à ne pas s'y engager tous en même temps, et marcher prudemment. À cinq, nous ne risquons rien, si nous respectons ces consignes.

— D'accord, concéda Amy, mais faisons en sorte que personne ne nous voie... Si Mabel apprend notre escapade, nous passerons un mauvais quart d'heure.

— Ne t'inquiète pas, la rassura Alice, en les guidant vers le fond du verger. Le pont est dissimulé par une végétation touffue. De plus la nuit tombe, tout le monde est absorbé par le spectacle et... »

Elle fut interrompue par un hurlement strident qui s'éleva soudain de la foule rassemblée sur la berge. Alors qu'elle portait son regard sur l'autre rive, un frisson parcourut son échine. Parmi les spectateurs, la panique se propageait comme une traînée de poudre.

De l'autre côté du cours d'eau, se profilait l'inquiétante silhouette de la Dame à la lanterne. Vêtue d'une longue cape verte à capuchon, la silhouette fantomatique tenait dans une main une lanterne vacillante. De l'autre main, elle pointait un doigt accusateur sur les canoës...

Chapitre 7

Le danger rôde

« Elle jette un sort aux marchands ! » s'exclama un villageois.

Bess, pour sa part, n'en menait pas large.

« Vous entendez ? Ces applaudissements, ces rires...

— Probablement des gens qui pensent que l'apparition fait partie du spectacle, estima Cory.

— Il n'y a plus un instant à perdre, trancha Alice. Traversons la rivière, le pont n'est plus loin. »

Elle s'élança la première, suivie de près par le reste de la petite troupe. Arrivés devant le pont, ils constatèrent qu'on ne leur avait pas menti : la construction était réellement très vétuste et semblait sur le point de s'écrouler d'un instant à l'autre.

Alice s'y engagea pourtant et avança à pas mesurés. D'une main, elle soulevait le bas de sa robe et de son jupon, afin d'éviter qu'ils s'accrochent dans les planches vermoulues. Bess, Marion puis Amy la suivirent avec précaution. Cory, pour sa part, attendit un moment avant de quitter l'autre rive.

« Je comprends que cet endroit soit interdit au public, marmonna Marion. Surtout, je m'explique mieux pourquoi les femmes de pionniers portaient des croquenots aussi disgracieux...

— Attention ! prévint Bess, toujours sur ses gardes. Suis bien les traces d'Alice... »

Attaqué par l'humidité, le bois présentait des béances innombrables, par lesquelles elle apercevait l'eau tumultueuse qui bouillonnait en dessous. Toute imprudence pouvait être fatale, à elle ou à l'un de ses camarades.

Quand tous cinq eurent gagné l'autre rive, chacun put enfin respirer à son aise. Les ombres du crépuscule avaient laissé la place à la nuit noire, irradiée par l'éclat de la lune presque pleine.

« Regardez, chuchota Alice. La Dame à la lanterne... »

Suivant des yeux la direction qu'elle indiquait, ses compagnons distinguèrent une silhouette qui paraissait flotter au-dessus du sol, tout en se déplaçant vers le sommet de la colline. Comme hypnotisés, ils suivirent un long moment du regard la lueur vacillante qui s'élevait lentement.

« Quel dommage que nous ne soyons pas équipés nous aussi d'une lanterne, soupira la jeune détective. Tant pis... Venez, suivons-la, sinon elle risque de nous échapper. »

Prudemment, les jeunes gens se frayèrent un passage au milieu des arbres. À chaque pas, ils devaient veiller à ne pas trébucher sur l'enchevêtrement de la végétation, qui formait un épais tapis broussailleux sur le sol.

Certains buissons épineux dressaient leurs branches hostiles. À plusieurs reprises, ils durent interrompre leur progression afin de se dégager de ces épines. Malgré les obstacles, aucun ne voulu renoncer.

Alice tentait de suivre le halo blanchâtre de la lanterne, dans le lointain. Soudain, la lueur blafarde disparut de son champ de vision : la mystérieuse créature s'était évanouie derrière la colline.

« Plus vite ! s'exclama Cory d'une voix pressante. Si nous ne nous hâtons pas, elle va nous filer entre les doigts. »

Ils redoublèrent d'ardeur et, en quelques minutes, gravirent les dernières dizaines de mètres les séparant du sommet. Là, Alice marqua une halte pour reprendre son souffle et fit signe à ses camarades de ne pas avancer davantage. Tous s'abritèrent derrière le large tronc d'un chêne centenaire et scrutèrent la nuit dans l'espoir de localiser la flamme de la lanterne.

Sur l'autre versant, la forêt cédait le pas à un paysage plus dénudé. Quelques arbustes chétifs et solitaires dominaient un fouillis de buissons et d'herbes sauvages. Le clair de lune enveloppait la scène d'une clarté quasi irréelle, comme si une puissance surnaturelle avait étendu un immense voile blanc et satiné sur la scène.

« C'est incroyable, murmura Amy. Elle a bel et bien disparu...

— Évanouie, évaporée, volatilisée ! répliqua son frère, d'une voix d'outre-tombe. La Dame à la lanterne a rejoint le monde invisible des esprits... Ouououhhh...

— Cesse un peu de plaisanter, s'impatienta Bess. D'après toi, Alice, où a-t-elle pu se cacher ? »

Les yeux plissés, la jeune détective tentait de déceler dans la pénombre un indice qui l'aurait mise sur la voie. Mais elle eut un geste d'impuissance.

« Franchement, je n'y comprends rien, moi non plus. Cory a trouvé le mot juste : elle s'est purement et simplement volatilisée.

— Alors, il s'agirait vraiment d'un fantôme ? reprit Bess, impressionnée.

— Ne nous emballons pas ! protesta Marion. Pour moi, la personne qui a revêtu ce costume aura seulement soufflé sur sa chandelle pour l'éteindre.

— Très juste, approuva Alice. Et cet individu doit être maintenant tapi derrière l'un de ces buissons, pour échapper aux regards.

— Si ça se trouve, avança Amy d'une voix étranglée, elle est en train de nous observer.

— En tout cas, trancha la jeune détective, nous n'avons pas découvert le moindre indice permettant de l'identifier. Nos chances de le – ou la – démasquer ce soir sont quasi nulles. D'ailleurs, à l'heure qu'il est, il ou elle a peut-être déjà regagné le village et quitté son déguisement...

— Je propose que nous l'imitions, suggéra Bess.

— Je vote pour la motion de ma cousine ! » renchérit Marion.

Tous cinq se consultèrent et tombèrent d'accord pour interrompre provisoirement les recherches. En file indienne, ils revinrent sur leurs pas, en direction de la rivière Muskoka. À mi-chemin, Alice remarqua que quelque chose était resté accroché à la branche d'un buisson épineux.

« Regardez ! » lança-t-elle.

Du pouce et de l'index, elle détacha un lambeau d'étoffe de couleur vert d'eau, à peine plus large que sa paume.

« Cela ne vous rappelle rien ?

— Oh si ! répliqua vivement Cory. On dirait un morceau de la cape de notre mystérieuse encapuchonnée.

— Précisément, confirma Alice, tout en observant minutieusement la pièce à conviction.

— Si vous dites vrai, conclut Bess, la Dame à la lanterne n'est donc pas une apparition...

mais un être de chair et de sang, vêtu d'un costume tout aussi réel.

— Mais alors, demanda Amy, qui cela peut-il être ?

— L'hypothèse de Cory n'est pas invraisemblable, estima Marion. L'étrange créature serait effectivement une attraction programmée par les organisateurs du village. Le secret est jalousement gardé, afin d'entretenir la légende... »

L'explication laissa Alice dubitative.

« Tu oublies que tous ces phénomènes anormaux font une publicité négative à Persimmon Woods. La rumeur qui court rend la Dame à la lanterne responsable des incidents et des problèmes qui ont frappé l'établissement ces derniers temps. Je doute que la direction ait délibérément choisi de ternir ainsi son image auprès du public.

— Dans ce cas, qui a imaginé cette mystification ? interrogea Bess.

— N'importe qui peut se cacher sous cette cape verte, répondit Marion. Le costume est suffisamment ample pour qu'on ne distingue ni la taille ni la corpulence de l'individu qui se cache dessous. Avec le capuchon, le visage reste dans l'ombre. Les pieds sont également invisibles, ce qui donne l'illusion que la silhouette flotte au-dessus du sol... Bref, on ne sait rien de cette créature... c'est pourquoi elle suscite les interprétations les plus folles. »

Alice acquiesça d'un air songeur.

« Qui sait même si cette Dame n'est pas en réalité un homme... »

Comme elle paraissait perdue dans la contemplation du morceau d'étoffe verdâtre, Cory fronça les sourcils.

« Qu'y a-t-il, mademoiselle Sherlock Holmes ? On dirait que tu rumines une petite idée.

— Je ne suis sûre de rien mais... c'est curieux, ce tissu me rappelle quelque chose. »

Malgré ses efforts elle ne parvint pas à préciser sa pensée.

« Qu'importe, ça me reviendra plus tard. »

Après avoir remisé le précieux indice dans la poche de sa robe, elle invita ses camarades à reprendre la marche.

« Dépêchons-nous de rentrer, il doit être tard... probablement bientôt l'heure de la fermeture. »

La jeune fille ne se trompait pas. Quand ils eurent atteint le verger, après avoir franchi le pont branlant, le village leur parut quasiment désert. Les derniers flâneurs étaient invités à gagner la sortie. Les villageois, quant à eux, s'occupaient à ranger et à verrouiller les bâtiments, puis se dirigeaient vers les vestiaires, au sous-sol du hall d'accueil.

Les Amérindiens et les « voyageurs » venus du Canada en canoës s'affairaient autour des tentes qu'ils avaient dressées pour la nuit. Les feux de joie qu'ils avaient allumés illuminaient par endroits la clairière.

Alice et ses compagnons se séparèrent, afin

que chacun rallie son poste de travail. Lorsqu'elle se présenta devant la maison du médecin, la jeune détective trouva la porte close et tous les volets tirés. Elle s'engagea alors dans le sentier qui remontait vers le hall d'accueil et, soudain, aperçut Marion qui sortait en courant de l'atelier du forgeron.

« Alice ! s'écria la jeune fille. Viens voir, vite ! »

Toutes deux gravirent à grandes enjambées l'allée pentue qui menait à la forge. Par la porte entrouverte, elles perçurent des éclats de voix courroucées.

« Tu es en train de creuser ta propre tombe, Jake ! accusa un homme d'un ton virulent.

— Tais-toi ! répliqua son interlocuteur, tout aussi agressif. Tu es mal placé pour me donner des conseils sur la gestion du village. »

Les deux jeunes filles se postèrent dans l'entrebâillement, prêtes à séparer les adversaires, si nécessaire. Elles reconnurent instantanément l'un d'eux, en la personne de Jake Parrish. Les poings serrés, le visage congestionné par la colère, il semblait prêt à en venir aux mains. Au fond de la pièce, les flammes du foyer créaient une ambiance infernale. Sous cet éclairage, la chevelure rousse du directeur prenait des allures de brasier ardent.

Le second homme était Leo Meier, l'individu qu'elle avait vu discuter avec Mabel, sur le pas de la porte. L'ancien directeur du village se voyait maintenant refoulé vers la porte, poussé par son adversaire.

Sous les yeux effarés d'Alice et de Marion, Meier échappant à l'emprise de Parrish se précipita vers le bûcher. Là, d'un geste furieux, il se saisit d'un long tisonnier en fonte dont l'extrémité, après un long séjour au milieu des braises rougeoyantes, était chauffée à blanc.

Malgré son affolement, la jeune détective remarqua un détail : l'homme avait utilisé sa main gauche... Toutefois, son index était dépourvu de bague.

Meier brandit son arme mortelle. Des éclaboussures de braise volèrent dans la pièce ; instinctivement, Alice et Marion levèrent les bras pour se protéger le visage.

Agitant le tisonnier d'un air menaçant, l'ancien directeur fit face à son ennemi...

Chapitre 8

Disparue...

Le cœur battant, Alice vit Meier avancer d'un pas en direction de Jake Parrish. La longue pique incandescente allumait des zébrures de feu qui semblaient sorties de la baguette d'un magicien.

« Je ne suis pas responsable des problèmes du village ! vociféra Parrish pour sa défense. C'est toi le seul coupable ! Depuis plus d'un an, je me débats pour essayer de corriger toutes tes erreurs. »

Étonnamment, le directeur de l'établissement ne paraissait pas du tout intimidé par le tisonnier. Campé sur ses deux pieds, il défiait son adversaire en le fixant du regard.

« Ridicule ! tempêta Meier. C'est bien facile de me faire porter le chapeau, après coup. Mais si tu avais accepté de concrétiser mes idées, Persimmon Woods serait aujourd'hui le premier parc d'attraction historique de tout le pays... »

Alice estima qu'elle devait mettre un terme à cette altercation. Toutefois, il lui fallait jouer finement, pour éviter d'aiguiser encore la fureur des deux hommes, qui risquait de se retourner contre Marion et elle-même.

« Monsieur Parrish, commença-t-elle, un large sourire aux lèvres, l'heure de la fermeture a sonné. Je suis désolée, mais nous sommes chargées de fermer cet atelier. »

Ses paroles furent superbement ignorées. À croire que, absorbés par leur conflit, les deux ennemis ne l'avaient même pas entendue...

« Le premier parc d'attraction historique ! répéta Jake Parrish d'un ton sarcastique. Quelle bonne blague... Sûrement pas avec toi aux commandes, en tout cas ! Tu as creusé un déficit aussi profond qu'un gouffre, et tu le sais parfaitement !

— Il y a eu des pertes, admit son interlocuteur. Mais au moins, les comptes n'ont pas été trafiqués. »

Parrish fronça les sourcils.

« Que cherches-tu à insinuer ?

— Ne joue pas les imbéciles, Parrish. Tout le monde est au courant de tes manigances. Les rumeurs ont traversé l'océan, on ne parle que de cela jusqu'en Europe ! Tu t'efforces de ruiner le village, dans l'espoir de le revendre à ce promoteur qui veut y construire un aéroport. »

Hors de lui, Jake Parrish fit un pas en direction de Meier, prêt à lui arracher les yeux.

« Tu mens ! » hurla-t-il, levant un poing rageur.

Son visage était si rouge qu'on l'eût cru sur le point d'exploser. La jeune détective prit alors son courage à deux mains.

« Allons, messieurs... pardonnez-moi, mais vous pourriez peut-être reprendre votre discussion plus tard. À cette heure, tous les bâtiments du village sont fermés, et mon amie a pour mission d'éteindre le feu de la forge et de verrouiller l'atelier... »

Les deux hommes se retournèrent d'un même mouvement vers la porte, comme s'ils venaient de prendre conscience qu'ils n'étaient pas seuls dans la pièce.

« Qui êtes-vous ? leur lança Jake Parrish. Et que faites-vous ici ?

— Mon nom est Alice Roy, je travaille comme bénévole dans la maison du médecin. Et voici Marion, qui joue le rôle de la fille du forgeron. Comme je vous l'ai dit, elle est chargée d'assurer la fermeture de l'atelier. »

La jeune fille n'ignorait pas que Parrish, en sa qualité de directeur, pouvait parfaitement s'acquitter de cette tâche. Mais, en ramenant les adversaires à des réalités terre à terre, elle espérait les détourner de leurs sombres desseins.

Le stratagème se révéla judicieux. Leo Meier baissa le bras, et le tisonnier heurta le sol, dans un pétillement d'étincelles. Jake Parrish, pour sa part, sembla se détendre un peu. Ses poings se desserrèrent, mais il resta toutefois sur ses gardes.

« Tu ne l'emporteras pas au paradis, prévint Meier, la voix encore nouée par la colère. N'oublie pas cet avertissement... »

Sur ces mots, il claqua les talons et disparut tel un ouragan, bousculant Alice sur son passage. Parrish lui emboîta le pas, et prit la direction du hall d'accueil.

Restées seules, les deux amies échangèrent un regard, sans dire un mot. Finalement, Alice prit la parole.

« Marion, le mieux est que tu termines seule le travail ici. Pour ma part, j'aimerais parler au directeur. »

Avec l'accord de son amie, elle quitta donc la maison du forgeron et remonta le sentier en courant. L'alignement de lanternes métalliques, disposées de chaque côté de l'allée, lui permit de progresser sans encombre.

« Monsieur Parrish ! » s'écria-t-elle, quand elle aperçut la silhouette de l'homme, à quelques mètres devant elle.

Le directeur s'immobilisa et se retourna pour voir qui l'interpellait ainsi.

« Que me voulez-vous ? »

Comme s'y attendait la jeune détective, il était encore très contrarié par l'incident. D'expérience, elle savait qu'elle devait se montrer extrêmement prudente, car la moindre parole déplacée risquait de lui attirer les foudres de cet homme – et, par conséquent, de compromettre son emploi dans le village.

« Pardonnez-moi, mais je voulais m'assurer que vous n'aviez pas besoin de notre aide... Nous avons été témoins de la scène, nous avons vu M. Meier vous menacer avec le tisonnier et... Si vous le souhaitez, nous sommes prêtes à faire une déposition auprès de la police ou...

— Non ! trancha Parrish d'un ton sec. Inutile de mêler les forces de l'ordre à cette histoire. »

Il s'efforça de sourire, mais sans la moindre conviction.

« Merci beaucoup, mademoiselle... Roy, c'est bien cela ? J'apprécie votre geste, mais il s'agit d'un simple désaccord entre deux anciens associés en affaires. Vous n'avez pas à vous en inquiéter. »

Alice lui rendit son sourire, en y ajoutant un peu de chaleur.

« Comprenez-moi, je voulais seulement vous rendre service. Après tout, cet individu a porté contre vous de graves accusations : malversations, tentatives de sabotage... Il a même prétendu que vous tentiez délibérément de mettre le village en faillite pour le revendre ! Mais c'est un mensonge, n'est-ce pas ? Vous savez comme nous tous combien la région en serait affectée... »

La jeune fille malgré le faible éclairage, vit les traits de son interlocuteur se contracter.

« C'est un mensonge éhonté, asséna-t-il. D'ailleurs, je vous suggère vivement, à vous et à votre amie, d'oublier toute cette histoire. Je vous rappelle que vous êtes ici pour seconder les employés du village pendant le festival. Rien de plus, et rien de moins. »

Sur ces mots, il lui faussa compagnie et s'éloigna d'un pas vif vers le bâtiment d'accueil. Quelques instants plus tard, Marion rejoignit Alice. Tout en marchant, la jeune détective fit le récit de sa conversation avec Parrish.

Lorsqu'elles descendirent aux vestiaires, Bess faisait les cent pas en les attendant.

« Enfin vous voilà ! soupira-t-elle, soulagée. Je commençais à m'inquiéter sérieusement. Cory et Amy ont patienté quelque temps avec moi, mais ils ont finalement dû s'en aller. Nous commençions à croire que la Dame à la lanterne vous avait séquestrées... »

Tout en se changeant, Marion relata à sa cousine la scène à laquelle elles avaient assisté dans l'atelier du forgeron.

« Ainsi, Leo Meier est gaucher... releva Bess. Qu'en penses-tu, Alice ? Est-ce lui qui t'a attaquée, dans le bureau d'Anita ?

— Tu oublies que Meier ne portait pas de bague à l'index, souligna Marion.

— Peut-être ne la porte-t-il pas tous les jours... avança Alice. Cela dit, tu as raison. Sans ce signe distinctif, Meier n'est plus qu'un gaucher parmi tant d'autres...

— Sauf que cet homme a accusé Jake Parrish de détourner des fonds, continua Marion. On peut donc imaginer qu'il se soit rendu au service de la comptabilité, à la recherche de preuves, tout comme toi.

— Bien raisonné, acquiesça Bess. Doit-on également le soupçonner de la mise à sac de la galerie et de la boutique de souvenirs ?

— Franchement, je n'en sais rien, admit la jeune détective dans un soupir. Je n'arrive pas à lui trouver de mobile crédible pour ces forfaits. »

Après avoir enfilé son jean et son T-shirt, elle se sentit plus libre de ses mouvements. Avant de ranger son costume, elle fouilla dans la poche pour en extraire le fragment de tissu découvert sur la colline.

« Si la Dame à la lanterne est un spectre, pourquoi porte-t-elle des vêtements bien réels ? Mais si elle est un être de chair et de sang, comment a-t-elle pu s'évaporer dans la nature sans laisser de traces ? »

Marion fronça les sourcils, intriguée.

« Où veux-tu en venir ?

— Si l'on part de l'hypothèse qu'il s'agit d'une personne réelle, comme je le crois, il doit exister sur l'autre versant de la colline une cachette quelconque dans laquelle elle est allée se réfugier.

— Nous n'avons rien vu qui ressemble à un abri, se souvint Bess.

— Et pourtant, la lune était pleine, renchérit Marion. S'il y avait eu un bâtiment, même discret, nous l'aurions certainement aperçu.

— Je suis d'accord avec vous, admit Alice. Toutefois, nous étions pressés par le temps, et perturbés par l'apparition du prétendu fantôme. En outre, nous avancions en terrain inconnu et accidenté, si bien que nous devions regarder où nous mettions les pieds. Enfin, nous n'avions pas pris conscience qu'il fallait chercher une éventuelle cachette... »

Marion émit un petit grognement de protestation.

« J'ai compris : tu veux que nous y retournions, c'est bien cela ? Tu vas nous faire traverser une deuxième fois ce pont vermoulu, au péril de notre vie ?... »

À ces mots, Bess ne put réprimer un tremblement.

« Mais c'est de la folie pure ! Imagine que l'on nous surprenne...

— Allons, pas de panique, répondit la jeune détective d'un ton confiant. Nous nous montrerons prudentes. D'ailleurs, pratiquement tous les employés ont quitté le village. Nous nous cacherons dans les toilettes, jusqu'à ce que nous n'entendions plus aucun bruit. Ensuite, ni vu ni connu, nous nous faufilerons à l'extérieur. »

Les trois amies mirent sans attendre leur plan

à exécution. Soudain, une voix féminine résonna dans les vestiaires.

« Tout le monde est sorti ? Je ferme ! »

Quelques secondes plus tard, elles entendirent le claquement de l'interrupteur, puis le verrou que l'on tournait.

Elles patientèrent encore un peu, puis passèrent la tête dans l'embrasure de la porte. Dans l'obscurité, elles avancèrent à tâtons, se guidant grâce à la lueur verdâtre indiquant la sortie de secours. Alice ouvrit doucement la porte, qu'elle poussa délicatement. La voie paraissait totalement libre.

Elles se hâtèrent de gagner l'autre extrémité du couloir, où elles empruntèrent la sortie de secours.

Elles se trouvaient désormais à l'air libre, à l'arrière du hall d'accueil. Le village désert était plongé dans le silence. Au pas de course, elles reprirent le chemin qu'elles avaient emprunté quelques heures auparavant. Elles longèrent la prairie, où étaient installés les campements des visiteurs, puis traversèrent le verger. Arrivées au pied du vieux pont de bois, elles s'y engagèrent prudemment, chacune à son tour. Sur l'autre rive du cours d'eau, elles affrontèrent une fois de plus les buissons épineux. La lune, haute dans le ciel, diffusait une lumière blanche.

La jeune détective sortit une lampe-torche de son sac à dos pour mieux s'orienter. Soudain, alors qu'elles avaient gravi la moitié de la colline, il leur sembla percevoir un bruit, derrière elles. Aussitôt, Alice s'immobilisa et, saisissant ses amies par une manche, les retint à ses côtés. L'index appuyé contre ses lèvres, elle éteignit également sa lampe-torche.

Immobiles, l'oreille tendue, les trois jeunes filles tentaient de localiser l'origine du bruit. Brusquement, Alice frémit : elle venait d'entendre un léger craquement, comme si une branche ou une brindille avait été cassée. Bess, quant à elle, ouvrit la bouche pour crier, mais aucun son ne sortit. Plus pragmatique, Marion pointa du doigt l'endroit approximatif d'où venait le bruit.

La jeune détective montra à ses amies le tronc d'un gros arbre. Là, accroupies, retenant leur souffle, elles attendirent.

Un craquement, plus proche cette fois, ne tarda pas à attirer leur attention. De toute évidence, quelqu'un suivait leurs traces. Le sang d'Alice ne fit qu'un tour. Avaient-elles été repérées dès leur sortie du village ? Un vigile les avait-il prises en filature, ou s'agissait-il simplement d'un animal sauvage qui avait reniflé leur odeur ? Elle se souvint que des villageois avaient mentionné la présence de coyotes dans ces bois...

Il y avait encore une autre hypothèse, qu'elle rejetait à toute force : le fantôme de la Dame à la lanterne les avait prises en chasse.

Chapitre 9

Désastre à Windbreak

Pétrifiées, les trois amies entendirent les pas se rapprocher. Soudain, un large faisceau de lumière troua la pénombre dans laquelle elles étaient tapies. Aveuglées, elles se retrouvèrent au centre du cercle lumineux.

« Qu'est-ce que vous fabriquez ici à cette heure ? »

Bien qu'elle fût dans l'incapacité de voir qui les avait ainsi interpellées, Alice avait instantanément reconnu le timbre de voix : c'était celui de Jake Parrish, et il paraissait furieux.

« Bonsoir, monsieur, fit-elle en se relevant. C'est moi, Alice Roy.

— Je répète ma question : que fichez-vous ici, mademoiselle Roy ? Et qui sont vos acolytes ? Celle-ci, je l'ai vue au village, dans l'atelier du forgeron... C'est exact ?

— Oui, monsieur », répondit Marion.

Le rayon lumineux tournoya alors autour de Bess.

« Et celle-là ? D'où sort-elle ?

— Mon nom est Bess Marvin, monsieur. Je travaille comme bénévole dans la demeure de Windbreak.

— Je vois... Maintenant, laquelle de vous va m'expliquer la raison de cette escapade nocturne ? »

Alice réfléchit à toute allure. Si elle avouait la vérité, elles seraient renvoyées. Et les mystères de Persimmon Woods demeureraient irrésolus.

« Je... J'ai perdu un pull-over, mentit-elle. Je me suis dit que je l'avais sans doute égaré ici. Nous avons fait une petite balade sur cette colline, pendant une pause de notre week-end de formation. C'est pourquoi j'ai entraîné mes amies à revenir ici ce soir, dans l'espoir qu'elles m'aideraient à le retrouver. »

L'homme détourna un peu sa lampe, ce qui permit à Alice de distinguer son visage. À sa façon de la dévisager, le front plissé, elle eut l'impression que son explication ne l'avait pas convaincu.

« Drôle d'heure pour effectuer de telles recherches, commenta-t-il d'un ton rogue.

— Certes, reconnut la jeune détective pour se laisser le temps de trouver un nouvel argument. Mais, voyez-vous, nos journées sont bien remplies, et je n'ai pas eu l'occasion de m'éclipser plus tôt. En outre, nos costumes d'époque nous auraient gênées...

— Vous n'avez pas l'air de vous rendre compte du danger auquel vous vous exposez en venant ici, de nuit, qui plus est. Les bois sont peuplés de coyotes et de serpents. Sous le tapis de feuilles, se cachent des trous et des racines qui peuvent vous faire trébucher à chaque pas. Sans compter les incidents étranges et inexpliqués qui se sont produits ici récemment... Estimez-vous heureuses d'être saines et sauves ! »

Devant des paroles aussi sensées, Alice jugea inopportun de polémiquer davantage.

« Vous avez raison, monsieur. J'ai commis une grave imprudence. À cette heure-ci, nous devrions toutes êtres rentrées chez nous... En route, les filles. On redescend. »

Sans perdre un instant, elle se mit à dévaler la pente, suivie de Marion et de Bess. Elles n'avaient pas parcouru plus d'une dizaine de mètres qu'une voix forte les rappela à l'ordre.

« Eh ! Pas si vite ! »

L'homme s'était lancé à leur suite. Arborant son sourire le plus avenant, elle prit la parole.

« Monsieur Parrish, je suis réellement désolée. Nous n'aurions pas dû monter ici aussi tard. »

Puis, le regardant droit dans les yeux, elle ajouta :

« Il eût été moins risqué de venir plus tôt, mais Marion a été retardée au moment de fermer l'atelier du forgeron. »

Quand elle vit les sourcils de son interlocuteur se hausser légèrement, Alice sut qu'elle venait de marquer un point.

Son message était reçu cinq sur cinq. L'expression du visage de l'homme se radoucit, et il secoua la tête.

« Entendu. Maintenant, rentrons vite au village. Je vous escorterai jusqu'à votre voiture. »

Le petit groupe redescendit la colline, guidé par la lampe-torche de Jake Parrish. Pas un mot ne fut prononcé pendant la quinzaine de minutes qu'il leur fallut pour atteindre le village. Comme il l'avait promis, le directeur reconduisit les jeunes filles jusqu'au parking.

Tandis que Bess et Marion prenaient place dans la Mustang d'Alice, la jeune fille se tourna vers M. Parrish.

« Tout à l'heure, vous avez évoqué les multiples incidents qui ont émaillé la vie dans le village, ces derniers temps... D'après vous, quelle en est l'origine ? Quelqu'un chercherait-il à causer du tort à votre établissement ? »

Sous la lumière crue du réverbère, elle vit soudain le visage du directeur virer au rouge carmin, tout comme précédemment dans l'atelier du forgeron.

« Mademoiselle Roy, siffla-t-il entre ses dents, on vous a confié le soin d'incarner une pionnière, dans le cadre d'un festival touristique. Je vous demande expressément de vous en tenir à ce rôle, et de me laisser le soin de régler les problèmes du village. »

Il pivota sur ses talons et se dirigea vers sa voiture, une luxueuse berline bleu métallisé garée dans la travée voisine. Avant même que la jeune fille ait tourné sa clé de contact, il avait démarré et quitté l'aire de stationnement.

« Il va falloir que nous prévoyions de passer une nuit dans l'enceinte du village, annonça Alice sur la route du retour.

« Tu plaisantes ? s'esclaffa Marion. Après tout ce qui s'est passé ce soir. La seule idée de revenir travailler ici demain me donne la chair de poule.

— Moi, je commence à trouver ça palpitant, dit Bess. Alice a raison : si nous ne sommes pas dérangées, je suis sûre que nous découvrirons des indices déterminants.

— Encore faudrait-il savoir précisément ce que nous recherchons, grommela sa cousine.

— Pour commencer, expliqua Alice, il faut retourner sur la colline pour tirer au clair cette histoire de cachette invisible. Ensuite, j'aimerais fouiner une nouvelle fois dans les bureaux administratifs. S'il y a effectivement eu détournement de fonds, je finirai par en découvrir des traces. »

Devant la détermination de son amie, Marion décida de laisser sa mauvaise humeur de côté.

« J'ai une idée : nous pourrions nous cacher dans le grenier de la maison du forgeron. Cette pièce est fermée au public, et personne n'y va jamais. Elle sert seulement à entreposer des meubles et des objets dont on n'a pas l'usage. Et... j'ai la clé ! dit-elle avec malice.

— Formidable ! approuva la jeune détective. De là, nous aurons tout loisir de mener notre petite enquête...

— Et cette fois, ajouta Bess, nous attendrons qu'il n'y ait *vraiment* plus personne dans le village. Si tu vois ce que je veux dire... »

Alice adressa un clin d'œil à son amie.

« Personne... sauf la Dame à la lanterne ! »

*
* *

Le lendemain matin, mercredi, alors qu'elle prenait son service, Mabel Tansy apostropha Alice.

« Bonjour, Alice ! fit la responsable d'un ton enjoué. Aujourd'hui, je vous ai réservé une surprise : l'un des permanents de Windbreak est souffrant. Et comme vous faites partie des volants, vous avez été désignée pour assurer le remplacement. Je vais vous y conduire et vous expliquer ce que vous aurez à faire. »

Tandis qu'elles cheminaient sur le sentier conduisant à la digne demeure de brique construite par le fondateur du village, Alice en profita pour poser quelques questions à sa compagne.

« Figurez-vous que ce n'est qu'en rentrant chez moi, hier soir, que j'ai réalisé qui était Leo

Meier, l'homme avec qui vous discutiez sous le porche.

— Ah ? Vraiment ? fit Mabel.

— Oui... C'est bien l'ancien directeur du village qui a eu des démêlés avec M. Parrish ? Il a été renvoyé, et je crois même qu'il a intenté un procès pour licenciement abusif.

— En effet, vous devez avoir raison », admit Mabel d'un air distrait.

Loin de la décourager, l'apparente indifférence de son interlocutrice aviva la curiosité de la jeune détective.

« Je me demande bien ce qui a poussé Leo Meier à revenir ici... Je doute qu'il ait été invité par M. Parrish... Qu'en pensez-vous, Mabel ?

— Franchement, je n'en ai pas la moindre idée. Je n'ai abordé ce sujet ni avec l'un ni avec l'autre. Ah... nous voilà arrivées. Je vais vous présenter à l'équipe de Windbreak. »

Elles pénétrèrent dans la grande maison par la porte de service, qui donnait directement dans la cuisine. Bess y épluchait des légumes pour le repas de midi.

Dès qu'elle aperçut son amie, elle posa son couteau.

« Alice ! Quelle surprise... Tu vas travailler avec nous aujourd'hui ? »

Mabel acquiesça puis inspecta rapidement la pièce, pour s'assurer que tout était en place pour la journée.

« Où est Cory ? demanda-t-elle soudain.

— Je l'ignore, répondit Bess. J'ai croisé Amy, tout à l'heure. Elle m'a dit que son frère se trouvait encore dans le vestiaire au moment où elle l'a quitté. Je suis certaine qu'il va arriver d'un instant à l'autre.

— Cela vaudrait mieux pour lui... Les portes du village ouvrent très prochainement. Tenez-moi au courant s'il tarde à se présenter. »

Sans autre commentaire, la jeune femme disparut.

« Bienvenue à Windbreak ! lança Bess en souriant à son amie. Je suis tellement contente de travailler avec toi... Tu vas voir, cette maison est vraiment géniale. »

Elle entraîna Alice vers l'entrée, une grande pièce ovale de proportions majestueuses.

« C'est ici que nous accueillerons la première vague de visiteurs, dans quelques minutes. Un autre employé s'occupe de faire visiter le premier étage. Toi et moi, nous sommes chargées du circuit du rez-de-chaussée. »

En fin de matinée, Alice maîtrisait parfaitement son rôle. Elle avait déjà escorté une dizaine de groupes et se trouvait très à l'aise pour répondre à toutes les questions, même les plus pointues. Les touristes entraient par petits groupes. Bess les prenait d'abord en charge ; elle leur montrait le mobilier précieux, notamment le bureau de Brandon Parrish, qui datait de 1830. Elle s'attardait également, dans le salon, sur le coin réservé aux enfants. Cet espace recueillait tous les suffrages des touristes, avec ses meubles miniatures, ses jouets en bois et sa dînette en porcelaine ancienne.

Dans la salle à manger, Alice prenait le relais. Elle faisait observer la grande table en bois verni, sur laquelle le couvert était mis pour douze convives.

Ensuite venait la visite de la cuisine. Bess expliquait l'utilité des divers ustensiles et appareils. L'étape suivante consistait à montrer le fonctionnement de la grande cheminée. Les deux jeunes filles s'y attelaient de concert. Alice attirait l'attention des visiteurs sur la grande marmite en fonte suspendue au-dessus du foyer. Elle soulevait le couvercle, et une délicieuse odeur de bœuf emplissait la pièce.

Bess se mettait alors à faire l'article.

« Ce que vous allez voir maintenant est une prouesse de la technique moderne, annonça-t-elle, les yeux pétillant de fierté. Persimmon Woods est le seul village à cent lieues à la ronde à utiliser un mécanisme aussi révolutionnaire... »

La jeune fille exposait alors comment la broche était entraînée par le mouvement de la chaîne, de manière à rôtir uniformément le poulet sur toutes ses faces.

« C'est un véritable miracle de la science ! » concluait-elle, avec un enthousiasme sincère.

Même après avoir entendu ce commentaire des dizaines de fois, Alice prenait encore du plaisir à l'écouter. Bess jouait son rôle avec conviction ; son talent naturel de comédienne ajouté à sa personnalité exubérante la rendaient immédiatement sympathique au public.

« Et maintenant, le clou de la visite, reprit Bess en tendant l'index vers la petite porte ménagée dans le mur de brique. Notre merveilleux four à bois... Vous aurez probablement remarqué, à l'extérieur, l'imposant dôme de brique accolé à la maison. Cette structure emmagasine la chaleur, et la distribue ensuite dans le four grâce à un système de ventilation sophistiqué. Nous y cuisons de délicieux gâteaux et des pains croustillants. Plusieurs miches peuvent s'y loger en même temps et... »

Alors qu'elle écoutait attentivement son amie, Alice fut soudain distraite par une vision étrange. Par la fenêtre, un individu s'éloignait en courant de la maison, en direction d'un petit champ de maïs.

« Comme vous pouvez le constater, continua Bess en ouvrant la porte du four, l'espace intérieur est assez vaste pour contenir...

— Aaaah ! » s'écria tout à coup une touriste.

Alertée par ce cri, Alice se concentra de nouveau sur la scène qui se déroulait dans la cuisine. À son tour, elle approcha du four pour tenter de voir ce qui avait effrayé la femme. Elle aperçut alors la face malicieuse de Cory Worth, qui souriait à l'assemblée, les yeux scintillants. À plat ventre sur le plateau du four, les bras croisés dans le dos, il souriait de toutes ses dents, une pomme coincée entre ses deux mâchoire !

Le cri d'effroi se mua bientôt en un rire général. Sans se départir de son sérieux, Bess poursuivit son commentaire.

« Comme vous pouvez le constater, nous autres pionniers servons des plats parfois surprenants... » Inébranlable, elle referma calmement la porte du four et fit glisser le verrou.

Devant ce numéro si parfaitement interprété, la jeune détective fut prise par l'hilarité générale. Mais soudain, son rire se figea dans sa gorge lorsqu'elle entendit des cris d'épouvante, provenant de l'étage.

« Au secours, à l'aide ! hurlait une voix paniquée. Il y a le feu ! »

Chapitre 10

Une clé en or

« Au feu ! renchérit une autre voix, tout aussi alarmée. La maison brûle ! »

En un clin d'œil, Alice se retrouva au pied des marches. Le groupe qui visitait le premier étage de Windbreak s'était rué vers l'escalier. Dans le mouvement de panique générale, les touristes se bousculaient pour passer les premiers, au risque de basculer par-dessus la rampe.

« Écoutez-moi, tous ! proféra la jeune détective d'une voix forte. Vous ne courez aucun danger, la sortie n'est qu'à quelques mètres. Que chacun attende son tour sans pousser les autres. Vous serez tous sains et saufs. »

Ces paroles eurent un effet apaisant sur une partie des visiteurs. D'autres, en revanche, semblaient ne pas entendre. Ils poussaient des cris d'effroi et plongeaient aveuglément dans l'escalier.

Le villageois qui assurait la visite de l'étage rejoignit Alice. Tous deux se concertèrent sur la meilleure façon d'évacuer l'étage, où le feu, à en croire les craquements, gagnait du terrain. L'odeur âcre de la fumée et du bois consumé piquait les narines. Tout en dirigeant le flot des visiteurs vers la porte, Alice remarqua que les flammes commençaient à lécher le plafond de la salle de séjour.

Soudain, la jeune fille eut un coup au cœur. Au pied des marches, une fillette s'était écroulée à terre. Après l'avoir redressée et prise dans ses bras, Alice renouvela son appel à l'ordre.

« Mesdames et messieurs, je vous en prie ! Ne cédez pas à l'affolement et faites attention aux enfants... »

Puis elle courut jusqu'au porche, afin que sa petite protégée puisse respirer de l'air frais.

« Bess ! appela-t-elle par-dessus son épaule. Va chercher de l'aide ! »

L'un des visiteurs du groupe, qu'elle avait accompagné, la rejoignit, tenant par la main un petit garçon.

« Votre collègue est déjà partie pour avertir les pompiers », lui annonça-t-il.

Ils confièrent les enfants à des permanents du village venus en renfort des autres sites. Quelques minutes plus tard les parents, évacués à leur tour, serraient leurs chers petits contre leur cœur.

Au loin, Alice reconnut une silhouette familière qui arrivait à vive allure de la maison du forgeron.

« Marion ! Tu tombes vraiment à pic. Aide-moi à éloigner tous ces gens de la maison, veux-tu ? »

Tandis qu'elle parlait, un affreux bruit d'explosion retentit dans son dos. Elle se tourna vivement : les vitres des fenêtres explosaient l'une après l'autre.

Haletante, Bess rejoignit ses deux amies.

« Les pompiers sont en route, prévint-elle sans même reprendre son souffle. C'est une brigade de bénévoles qui doit venir, mais ils m'ont certifié qu'il ne leur faudrait que quelques minutes pour arriver. »

Brusquement, la jeune fille pâlit et attrapa Alice par le bras.

« Au fait... Et Cory ? L'as-tu vu ? A-t-il réussi à sortir du four ? »

Le sang de la jeune détective se glaça dans ses veines. Cory ! Toute à l'évacuation des groupes de touristes et au sauvetage de la fillette, elle avait complètement oublié leur camarade. Sauf à espérer que quelqu'un avait pensé à déverrouiller la porte du four, il se trouvait certainement encore dans sa cachette...

Bess et Alice détalèrent d'un même pas vers la porte de la cuisine située à l'autre extrémité de la demeure, loin du foyer de l'incendie.

En entrant dans la cuisine, elles entendirent immédiatement des cris étouffés. Bess se précipita pour tirer le verrou du four et ouvrit la porte d'un coup sec. Les yeux écarquillés par la peur, Cory s'extirpa de sa prison. Malgré la frayeur qu'il venait d'éprouver, il parvint à esquisser un sourire.

« Je... je savais que vous viendriez, bégaya-t-il. Mais je ne savais pas *quand*... »

Tous trois quittèrent la pièce et contournèrent la maison pour regagner la pelouse où tous les rescapés avaient été rassemblés.

« Restez ici avec les groupes de visiteurs, recommanda Alice. Je vous abandonne un court instant, mais je reviens tout de suite. »

D'un œil professionnel cette fois, Alice refit le tour de la maison, à la recherche d'indices.

À force d'inspecter le sol, elle remarqua soudain une traînée sombre et fine dans l'herbe. Longue de quelques mètres, elle partait d'un des coins de la demeure et s'éloignait en diagonale. Intriguée, la jeune fille se pencha et passa le doigt sur le sillon noirâtre. En cet endroit, l'herbe avait été calcinée. Des cendres encore chaudes, s'échappaient par endroits de minces colonnes de fumée.

De toute évidence, une main humaine avait déversé un produit inflammable le long de ce trait. Puis le criminel, posté à l'extrémité de cette ligne droite, avait frotté une allumette. Les flammes avaient suivi le chemin tracé pour atteindre Windbreak, où les structures de bois avaient rapidement pris feu.

Alice tenta de remonter la piste jusqu'à la source. Le trait noir dans l'herbe se prolongeait jusqu'à un champ de maïs. Elle se souvint alors d'avoir vu un individu courir dans cette même direction, alors que Bess décrivait la cuisine aux visiteurs. Cet incident s'était produit quelques secondes avant que l'alerte au feu soit donnée.

Avec circonspection, elle s'avança dans le champ de céréales, mais ne décela aucune présence humaine. Naturellement, le pyromane avait dû prendre la fuite depuis belle lurette... Déçue, elle reporta son attention sur la maison. La foule des touristes s'était écartée pour laisser le passage aux pompiers. La façade de Windbreak n'était plus qu'un rideau de flammes, derrière lequel on entrevoyait des pans de briques noircies et des encadrements de fenêtres nus qui crachaient du feu.

Un cordon de sécurité s'était mis en place afin de repousser la foule. L'eau commença à jaillir des tuyaux.

Rassurée de constater que l'incendie était pris en charge, la jeune détective examina une nouvelle fois le sol avec une extrême attention, plus précisément à l'endroit où elle avait vu l'individu disparaître au milieu des épis de maïs. Elle se mit à genoux afin d'examiner les broussailles bordant le champ. Malgré ses efforts, elle ne découvrit pas le moindre indice. Finalement, elle renonça.

Alors qu'elle suivait à rebours le sillon noir

imprimé dans l'herbe, toujours aux aguets, un reflet lumineux la fit cligner des paupières. Intriguée, la jeune fille se pencha vers une touffe d'herbes folles, à une trentaine de centimètres de la traînée encore fumante.

Il y avait là un petit objet brillant, qu'elle ramassa délicatement. Il s'agissait d'une bague en or, dont le plateau s'ornait d'un étonnant motif en forme d'arabesque. À l'intérieur de l'anneau, étaient gravées les initiales L.M.

Tout excitée par sa découverte, Alice émit un petit sifflement satisfait. Elle courut jusqu'à la pelouse de Windbreak, où elle retrouva Bess, Marion, Cory et Amy, au milieu des groupes de visiteurs et de villageois. D'un signe de la main, elle entraîna ses amis à l'écart de la foule.

« En premier lieu, est-ce que tout le monde se sent bien ? Cory, est-ce que ça va ? »

Le jeune homme afficha un sourire radieux et leva ses deux mains en l'air. Ses articulations étaient rougies et égratignées.

« Je me suis bien égratigné en frappant comme un fou contre la porte du four... mais à part cela, tout va bien !

— Ça t'apprendra à jouer des tours à tout le monde, le gronda gentiment Amy. Un jour, tu seras pris à ton propre piège.

— Arrête, j'ai l'impression d'entendre maman ! Allons, sœurette, tranquillise-toi. Ton frère adoré se porte à merveille.

— J'aurais aimé voir la tête des touristes, en t'apercevant dans le four... dit Marion.

— En tout cas, répondit Alice, Bess m'a impressionnée par son impassibilité. Elle n'a même pas sourcillé.

— Oh, expliqua Bess, c'est parce qu'il répète la même farce tous les jours. Crois-moi, la première fois, j'ai sauté au plafond.

— En hurlant, précisa Cory, avec un clin d'œil moqueur.

— Apparemment, l'incendie n'a pas fait de victime, estima Marion. Tout le monde a été évacué suffisamment vite.

— Tant mieux, dit Alice avec un soupir de soulagement.

— Et toi ? interrogea Cory. Où étais-tu passée ? »

La jeune détective prit un air de conspiratrice.

« Je suis aller fureter à droite et à gauche... »

En quelques phrases, elle leur résuma l'avancée de ses recherches : la silhouette entrevue par la fenêtre de la cuisine, le sillon d'herbe calcinée menant du champ de céréales à Windbreak. Elle garda pour la fin la découverte de la bague ; quand elle présenta la pièce à conviction, ses camarades se pressèrent autour d'elle pour mieux l'observer.

« L.M., lut Bess.

— Serait-ce Leo Meier ? s'exclama aussitôt Marion.

— Bravo pour ta perspicacité ! la félicita

Alice. Je suis maintenant certaine que c'est lui qui m'a attaquée. Rappelez-vous : j'avais deviné que mon agresseur était gaucher, car il m'avait couvert la bouche de sa main gauche. Ensuite, j'ai baissé les yeux et constaté qu'il portait une bague à l'index.

— Tu nous as aussi dit que cette bague était décorée d'un motif en forme d'arabesque », se souvint Amy.

La jeune détective acquiesça et présenta le plateau de la chevalière à sa camarade.

« Regarde... »

Cory haussa les épaules.

« D'accord, c'est une arabesque. Mais qui est ce Leo Meier que vous semblez si bien connaître ? »

La réponse d'Alice resta en suspens, car à cet instant Mabel les interpella.

« Bess ! Cory ! J'ai besoin de votre aide pour disperser les visiteurs. »

Alice rangea aussitôt son précieux indice au fond de sa poche.

« Je te raconterai tout plus tard. Pour l'instant, Bess et toi avez du pain sur la planche. »

À contre-cœur, le jeune homme prit Bess par la main et l'entraîna vers la pelouse où Mabel, droite comme un « I », les attendait.

Alice se tourna alors vers Marion et Amy.

« Vous deux, venez avec moi. Trois paires d'yeux valent mieux qu'une... Nous découvrirons peut-être de nouveaux éléments pour nourrir notre enquête. »

Les trois jeunes filles contournèrent l'épicerie, les étables et entrèrent dans le petit champ de maïs par l'arrière. Elles le traversèrent de part en part, inspectant chaque mètre carré à la recherche du moindre détail significatif. En vain.

Arrivées en lisière du champ, elles observèrent ce qui restait de la belle demeure de Windbreak.

« Quel désastre... se lamenta Amy.

— On dirait que les pompiers sont parvenus à maîtriser l'incendie », dit Bess pour apporter une note positive.

Elles demeurèrent de longues minutes immobiles, à contempler le ballet des pompiers, qui évacuaient les meubles et les tapis calcinés.

« À mon avis, estima Alice, nous ne trouverons plus rien d'intéressant ici. Il vaut mieux rentrer et...

— Pas un geste, intima une voix menaçante dans leur dos. Et surtout, ne vous avisez pas de vous retourner... »

Chapitre 11

Le suspense continue...

« Faites ce qu'il dit », conseilla Alice à mi-voix.

Marion et Amy, debout à ses côtés, restèrent parfaitement immobiles.

« Très bien, continuez comme ça, reprit l'homme de sa voix sourde. Je vous préviens, je suis armé. Mon intention n'est pas de vous faire du mal, sauf si vous m'y contraignez... Je souhaite simplement récupérer un objet qui se trouve en votre possession. »

Malgré l'adrénaline qui lui chauffait les tempes, Alice s'efforça de ne pas céder à la panique.

« Que voulez-vous ? demanda-t-elle.

— Je crois que vous détenez quelque chose qui m'appartient, répéta l'homme. Je vous ai vue le ramasser dans l'herbe, tout à l'heure. Jetez-le à terre, et je vous libérerai. »

La jeune détective exhiba le bijou en or.

« Est-ce à ceci que vous faites allusion ?

— Oui, exactement. J'ai dû l'égarer sans m'en rendre compte. En revenant sur mes pas pour le rechercher, j'ai constaté que vous m'aviez devancé.

— En revenant sur vos pas, dites-vous... Sans doute après avoir déclenché l'incendie de Windbreak et pris la fuite, n'est-ce pas ? J'ai trouvé votre bague près de l'endroit d'où le feu est parti. »

L'homme garda le silence un long moment.

« Lancez-moi cette bague, c'est tout ce que je vous demande. Ensuite, vous compterez jusqu'à vingt et vous retournerez vaquer à vos occupations. »

Mais le scénario était loin de satisfaire Alice.

« Vous n'allez pas vous en tirer si facilement, vous savez. Avec toute la foule assemblée ici, votre fuite ne passera pas inaperçue. »

Comme l'homme ne semblait pas réagir, elle n'hésita pas à le provoquer.

« Tous les touristes du groupe que j'accompagnais vous ont vu par la fenêtre de la cuisine de Windbreak. Ils pourront témoigner que vous vous trouviez autour de la maison juste avant que le feu se déclare.

— C'est vrai, souligna Marion, rentrant dans le jeu de son amie. Nous serons tous à même de donner votre signalement à la police et au capitaine des pompiers. Qui plus est, Alice a déjà montré la bague à un grand nombre de personnes. Ils sauront la décrire, ainsi que les initiales gravées à l'intérieur de l'anneau. »

L'homme ne répondit pas, apparemment secoué par cette révélation.

« N'aggravez pas votre cas en vous en prenant à nous, conseilla Alice d'une voix feutrée. Votre intérêt est plutôt de nous laisser partir tranquillement. »

Le temps sembla s'arrêter. Au loin, lui parvenait la rumeur de la foule massée devant la demeure en ruines. Mais elle gardait l'oreille aux aguets, dans l'attente d'une réaction de leur agresseur.

Finalement, après une attente interminable – en réalité, probablement une minute à peine –, elle entendit des pas derrière elle. En se retournant, elle vit leur agresseur prendre ses jambes à son cou. Quand il se fut suffisamment éloigné, il s'immobilisa et s'adossa un instant contre le mur de l'étable. À cause de la distance, Alice ne put pas l'identifier de façon catégorique ; mais elle était pratiquement certaine qu'il s'agissait de Leo Meier.

Les trois jeunes filles rejoignirent l'attroupement. Marion resta aux côtés de Cory, tandis qu'Amy se trouva enrôlée par une équipe de villageois qui tentaient de disperser les badauds. Quant à Alice, elle partit avec Bess trouver le capitaine des pompiers, à qui elles indiquèrent qu'elles officiaient à Windbreak au moment où le feu avait pris.

Le chef de la brigade les bombarda de questions. Au terme de leur entretien, Jake Parrish fit son apparition.

« Encore vous ! s'étonna-t-il en reconnaissant Alice. Vous avez le don de vous trouver toujours là où il y a des problèmes... »

Le directeur resta quelques instants pour écouter le témoignage des deux amies, puis s'éclipsa.

Alice montra au capitaine la traînée noirâtre qui aboutissait à la façade de la maison.

« Merci, mademoiselle, répondit-il, mais cet élément ne nous avait pas échappé. Cela dit, vous avez raison ; cet indice revêt la plus haute importance. »

La jeune fille présenta ensuite la bague qu'elle avait trouvée. Elle relata également l'épisode où le suspect avait tenté de récupérer le bijou.

« Je ne peux pas le jurer, indiqua-t-elle, mais je suis quasi certaine que notre agresseur était Leo Meier. »

Alice et Bess allèrent retrouver leurs trois amis, Mabel et les autres villageois. Jake Parrish insista pour que les activités redémarrent, jusqu'à l'heure habituelle de fermeture. Marion s'en fut reprendre son poste dans la maison du forgeron, et Amy à l'épicerie-bazar.

La plupart des touristes avaient fini par s'éloigner de Windbreak pour continuer leur visite.

Mabel chargea Alice, Bess et Cory de former un périmètre de sécurité autour de la carcasse calcinée de Windbreak ; ils passèrent donc le reste de l'après-midi à refouler les curieux, en les invitant à découvrir les autres bâtiments du site.

Après cette harassante journée, Alice convia Bess et Marion à dîner chez elle, et proposa de faire livrer des pizzas. La suggestion fut approuvée avec enthousiasme par les deux cousines. Lorsqu'elles arrivèrent au domicile des Roy, Sarah les accueillit sur le pas de la porte.

« Venez vite ! s'exclama-t-elle. On parle de l'incendie de Windbreak aux nouvelles... »

Les trois amies s'installèrent dans le canapé du salon et Alice commanda leur repas. Sur l'écran, alternaient des images de la demeure incendiée et des gros plans sur la présentatrice du journal télévisé.

« L'ancien directeur de Persimmon Woods a avoué avoir mis le feu volontairement à Windbreak, l'ancienne demeure de Brandon Parrish, le fondateur du village de pionniers.

— Incroyable ! s'étonna Bess. Ainsi, c'est bien lui le coupable... Il est passé aux aveux...

— Chut ! trancha Marion. J'aimerais entendre la suite du commentaire.

— Vous vous souvenez certainement que le village avait déjà fait la une de l'actualité locale, l'an passé, poursuivit la journaliste. À l'époque, Leo Meier avait été évincé de son poste de directeur par Jake Parrish, le descendant de

Brandon. Ron Edward, notre envoyé spécial sur le terrain, a recueilli des interviews exclusives des deux hommes. Ron... vous m'entendez ? C'est à vous.

— Merci, Rose, répondit le reporter. Meier m'a accordé cet entretien de la prison où il a été incarcéré après son inculpation par le tribunal. »

L'image suivante donnait à voir deux hommes assis sur des chaises en bois, dans une pièce nue et exiguë.

« C'est lui ! s'écria Bess. C'est Leo Meier, je le reconnais...

— Chut ! » coupa Marion.

Le reporter posa sa première question.

« Monsieur Meier, vous avez travaillé à Persimmon Woods pendant de longues années. Vous avez investi beaucoup de temps et d'énergie dans la gestion de cet établissement. Aujourd'hui, vous détruisez par le feu le bâtiment le plus prestigieux du village... Une question simple : pourquoi ?

— Je devais me venger de cet escroc de Jake Parrish. »

Tout en écoutant le criminel, Alice remarqua son teint pâle, le tremblement de ses mains. Ses propos abrupts constituaient une pitoyable défense. Pour justifier son acte, il raconta son licenciement, le procès qu'il avait intenté à Parrish, et qu'il n'avait pu mener à terme.

« C'est le seul moyen que j'ai trouvé pour

porter préjudice à l'homme qui m'avait causé tant de tort, conclut-il.

— Ainsi, vous avez fomenté tous ces sabotages pour nuire à votre ennemi ?

— Non ! s'insurgea Meier. Je ne suis responsable que de l'incendie de Windbreak. Je n'ai rien à voir avec les autres événements qui ont secoué Persimmon Woods. Bien sûr, j'étais au courant de tous ces incidents fâcheux... C'est même ce qui m'a laissé espérer que mon crime passerait inaperçu. J'imaginais qu'il serait mis sur le compte de tous les désastres qui ont frappé le village ces derniers temps. Malheureusement, quelqu'un m'a vu...

— Alice ! s'exclama Bess. Il parle de toi !

— Ainsi, reprit le journaliste, vous avez décidé de vous livrer à la police... Vous vous doutiez donc que l'on ne tarderait pas à vous attraper ?

— Oui, c'est en partie ce qui a motivé ma reddition, admit le coupable. Mais surtout, j'ai pris conscience de la gravité de mon acte. Les conséquences en sont terribles, et elles auraient pu s'avérer encore plus affreuses. Par chance, personne n'a été blessé... »

En formulant ces ultimes phrases, l'homme regardait la caméra bien en face, comme pour témoigner de son sincère repentir auprès des téléspectateurs. Alice, toutefois, se demanda s'il fallait se fier à cette mise en scène.

« Quoi qu'il en soit, ajouta encore Meier,

j'insiste sur le fait que je suis étranger à tous les crimes qui ont affecté le village avant le feu de cet après-midi. D'ailleurs, je me trouvais en Europe lorsqu'ils se sont produits. »

La caméra zooma sur le visage de Ron Edwards.

« Vous venez d'entendre la version de Leo Meier. Toutefois, une personne ne croit pas un mot de cette histoire. Écoutez plutôt... »

Sur l'image suivante, Alice et ses amies reconnurent le hall d'accueil de Persimmon Woods. Le reporter s'entretenait désormais avec Jake Parrish.

« En plus d'être un pyromane, lança celui-ci, Meier est un menteur ! Par le passé, il n'a eu de cesse de provoquer la ruine de mon établissement. Le feu de Windbreak n'est que le couronnement de son plan machiavélique pour se débarrasser de moi. C'est lui qui a tout orchestré, depuis le début, pour conduire le village à la faillite ! »

De nouveau, la caméra fit un gros plan sur le reporter.

« Chers téléspectateurs, à vous de vous faire une opinion. Nous savons qui a mis le feu à l'ancienne demeure de Windbreak... pour le reste, l'énigme reste entière. L'enquête de la police devra désigner le ou les coupables. Meier est-il innocent ? Et dans ce cas, qui est le criminel ? L'ombre de la Dame à la lanterne plane toujours, ce soir, sur le village des pionniers. À vous, Rose... »

Alice saisit la télécommande et éteignit le poste, afin de pouvoir discuter tranquillement avec ses amies, tout en attendant les pizzas.

« Alors, Alice ? interrogea Marion. Qu'en penses-tu ? Doit-on mettre tous les incidents sur le dos de Leo Meier ?

— Difficile à dire... Il prétend avoir passé les derniers mois en Europe. Si c'est vrai, nous devrions pouvoir le vérifier assez facilement.

— D'accord, approuva Bess. Mais dans ce cas, nous revenons au point de départ : qui a organisé tous ces sabotages... et dans quel but ? »

Marion se frotta le front, perplexe.

« Dis-moi, Alice... Tu restes convaincue que Leo Meier est l'homme qui t'a attaquée, n'est-ce pas ?

— J'en mettrais ma main au feu – si je puis dire...

— Restons sérieuses deux minutes, renchérit Bess. Il ne faut pas oublier que tout tourne autour d'une histoire de détournement de fonds. Or, Leo Meier ne peut pas y être mêlé. Il n'a aucun accès à la trésorerie de l'entreprise... »

Comme Alice restait songeuse, Bess comprit que son raisonnement rejoignait celui de son amie.

« Le mystère est loin d'être résolu, n'est-ce pas ? »

La jeune détective acquiesça.

« Même si Leo Meier est à l'origine de tous les problèmes qu'a connus le village récemment, intervint Marion, cela n'explique pas les malversations financières. De toute évidence, il faut chercher ailleurs...

— Vous avez toutes les deux raison, répondit Alice. Leo Meier parviendra peut-être à apporter la preuve de son innocence, concernant tous les événements préalables à l'incendie. Ce qui signifie que le criminel qui cherche à nuire au village court toujours.

— D'après toi, de qui s'agit-il ? s'enquit Bess.

— Je l'ignore encore. Si nous tenions son mobile, l'identité du coupable serait plus facile à établir. »

La sonnette de la porte d'entrée interrompit leur discussion.

« Les pizzas ! » s'écrièrent en chœur les deux cousines.

Lorsqu'elle ouvrit la porte, Alice se retrouva nez à nez avec le livreur, précédé de James Roy. L'avocat réglait le prix de la commande. Pardessus l'épaule de son père, la jeune fille aperçut un spectacle qui l'intrigua : une petite camionnette de déménagement se garait devant la maison d'Anita. La jeune femme en descendit et entra directement chez elle.

James Roy referma la porte et déposa les pizzas sur la table de la cuisine.

« J'ai entendu la nouvelle de l'incendie à la radio, il y a tout juste quelques minutes. Je suis impatient d'entendre votre propre version des événements. Mais auparavant, moi aussi j'ai un scoop à vous communiquer... »

Trois paires d'yeux se braquèrent sur lui.

« Anita Valdez déménage, annonça-t-il. Mon associé m'a confié qu'elle était très endettée, et fort en retard dans le paiement de ses mensualités. Aussi sa banque a-t-elle décidé de saisir sa maison... »

Chapitre 12

Voir sans être vues...

« Anita déménage... répéta Alice, incrédule.

— À cause de problèmes financiers, souligna Bess. Alice ! Il y a quelques minutes, tu disais que quand tu tiendrais le mobile...

— Non ! s'indigna la jeune détective, je ne peux pas croire qu'Anita soit une criminelle. D'ailleurs c'est elle la première qui m'a demandé de mener l'enquête.

— Tu as raison, admit Bess, mon idée ne tient pas debout. Si elle avait détourné de l'argent, elle aurait au contraire tout fait pour te tenir à l'écart.

— À moins que ce ne soit une ruse pour brouiller les cartes... avança Marion.

— Voyons, protesta sa cousine. Tu oublies qu'Anita est l'amie d'Alice. »

Marion haussa les épaules.

« Je le sais parfaitement. Mais même si elle

est innocente, Jake Parrish semble croire le contraire. Je m'efforce seulement de ne négliger aucune piste, comme un bon détective. Ai-je bien appris ma leçon, Alice ?

— Hmmm ? fit Alice, préoccupée. Oh oui, bien sûr. Écoutez, commencez à manger, je vous rejoins dans un instant. »

Sans autre commentaire, elle quitta la maison et traversa la rue en courant. Lorsqu'elle frappa à la porte de sa jeune voisine, elle n'obtint pas de réponse. Interloquée, elle renouvela son geste, mais sans plus de succès. Avec un soupir résigné, elle rentra chez elle.

« Je voulais parler avec Anita, expliqua-t-elle à ses amies et à son père, attablés dans la cuisine. C'est bizarre... elle n'a pas répondu.

— En effet, c'est surprenant, confirma James. Je l'ai pourtant vue arriver en voiture tout à l'heure.

— Moi aussi, renchérit Alice, en se servant d'une part de pizza.

— Elle est peut-être sortie sans que tu t'en rendes compte, suggéra Bess.

— Peut-être... répéta Alice, sans conviction.

— Résumons-nous, proposa Marion. Anita a accusé Jake de détourner des fonds. Mais Jake l'a licenciée, au motif qu'elle avait elle-même commis des malversations. En conclusion, il y a un mystère autour de l'argent de la fondation. Qui est le coupable ? Voilà la question...

— En tout cas, pas Anita, asséna Bess avec persuasion. N'est-ce pas, Alice ?

— Je l'espère... »

Quand ils eurent terminé les pizzas, Marion s'étira.

« De nombreuses questions restent en suspens... mais, pour ma part, il est un point qui ne fait pas le moindre doute : les pionniers menaient une existence harassante !

— Je me suis fait la même réflexion cet après-midi, répliqua Bess. Imaginez le même incendie, au début du XIXe siècle... À l'époque, il n'y avait ni numéro d'urgence à appeler, ni camions de pompiers perfectionnés. Nous aurions passé toute la nuit à remplir des seaux...

— Je ne veux même pas y penser, répliqua sa cousine en se levant. Pardonnez-moi, mais j'entends au loin l'appel irrésistible de la couette... Prête à lever le camp, Bess ?

— Le temps d'aider Alice à ranger, et je te suis. »

Sans perdre de temps, les trois amies débarrassèrent la table.

« Tu as eu une bonne idée de venir jusqu'ici en voiture ce matin, Marion, dit Alice. Cela me dispense d'avoir à vous raccompagner maintenant.

— C'est bien naturel, répondit son amie. Nous ferons comme cela demain, d'accord ? Ouf ! je n'en peux plus. Je voudrais déjà être dans mon lit... »

Alice raccompagna les deux cousines jusqu'à leur véhicule. Au passage, elles jetèrent un œil en direction de la maison d'Anita. La camionnette de déménagement, ainsi que la voiture personnelle de la jeune femme étaient garées devant. Une lumière brûlait dans le salon.

« Récapitulons, dit Alice, tandis que Marion démarrait le moteur. Demain, nous passons la nuit au village. Nous nous cacherons dans le cagibi de la maison du forgeron, pour attendre que tout le monde soit parti. Ensuite, nous retournerons inspecter l'ancien bureau d'Anita. Entendu ?

— Il y a un hic, objecta Marion. Si nous attendons que le village soit vide, toutes les portes seront fermées à clé. Comment nous introduirons-nous dans les locaux administratifs ?

— J'ai pensé à cela. La serrure de la porte de service ne devrait pas me résister longtemps...

— Tu penses vraiment qu'il reste des preuves dans les registres ? interrogea Bess. Vu toute la publicité qui a été faite autour de Persimmon Woods depuis l'incendie, l'escroc a certainement pris ses précautions en détruisant les documents compromettants...

— C'est possible, admit la jeune détective. Mais tu me connais : je veux quand même tenter ma chance ! Au fait, pas un mot de notre escapade à Cory et Amy. Nous sommes assez de trois pour cette aventure.

— Tu peux compter sur nous, certifia Marion. Bonne nuit... »

Après le départ de ses amies, Alice alla frapper une nouvelle fois à la porte de sa voisine. Sans succès. Rentrée chez elle, la jeune fille composa le numéro d'Anita. Celle-ci décrocha, pour déclarer qu'elle ne souhaitait parler à personne.

Le jeudi matin, Marion passa prendre Alice en voiture. Avant de partir, la jeune fille avertit son père de l'expédition qu'elles avaient préméditée pour le soir. Puis, au volant de sa Mustang, elle conduisit ses amies jusqu'au village. Là, au lieu de se garer sur le parking réservé aux employés, elle alla ranger son véhicule derrière deux gros tracteurs, à l'arrière de la cabane de maintenance. Ainsi, espérait-elle, sa voiture passerait inaperçue, lorsque tout le monde aurait quitté les lieux.

La journée se révéla plus chargée que les trois précédentes. Les touristes étaient plus nombreux encore qu'au jour de l'ouverture du festival. Aux dires de Mabel, l'incendie de la veille avait attiré une foule de curieux.

« C'est triste à dire, expliqua Mabel, mais les plus grands désastres s'accompagnent des plus gros chiffres d'affaires.

— Avez-vous été surprise des aveux de Leo Meier ? demanda Alice.

— Surprise n'est pas le bon terme, corrigea la

jeune femme. J'en ai été bouleversée. Franchement, je suis tombée des nues. Meier m'avait toujours semblé être un brave type... Mais il faut croire que les gens cachent bien leur jeu... »

Naturellement, Windbreak était fermée au public. On attribua à Bess et Cory la fonction de « volants » pour le reste de la semaine, tout comme Alice. Cory fut envoyé à l'atelier de poterie, tandis que Bess et Alice étaient désignées pour aider Amy dans l'épicerie-bazar. La journée fut assez pénible : les visiteurs voulaient connaître l'opinion des villageois sur l'incendie ; tous ou presque semblaient de soucier comme d'une guigne de la vie des pionniers en 1830...

À midi, Cory se présenta à l'épicerie avec un panier de pique-nique fort appétissant. En compagnie de Marion, Bess, Alice et Amy, il s'installa sur la pelouse la plus proche pour déguster du poulet froid, des fruits et des gâteaux secs.

« Le travail du potier est passionnant, déclara-t-il. Mais c'est aussi éreintant. Toute la journée, il façonne des pichets, des tasses et des bols sur son tour. Moi, je suis le manutentionnaire chargé de transporter tous ces objets jusqu'au four situé à l'arrière de l'atelier.

— Il a dû y avoir de la casse... estima malicieusement Amy.

— Détrompe-toi, petite sœur adorée. Pas le moindre bol fêlé. »

Il coupa une poire en deux et en offrit la moitié à Bess.

« J'ai du mal à te croire, insista Amy. À la maison, tu ne peux pas toucher une assiette sans qu'il arrive un malheur...

— C'est différent. Je me suis dit que si je cassais suffisamment d'assiettes, on finirait par me dispenser des corvées de cuisine ! »

À l'heure de la fermeture, tout le monde poussa un soupir de soulagement : aucun incident majeur ne s'était produit, et la Dame à la lanterne avait eu la délicatesse de ne pas apparaître...

Conviés à un repas de famille, Cory et Amy s'éclipsèrent rapidement. Quant aux trois amies, après avoir revêtu leurs jeans et leurs pulls, elles se munirent de leurs sacs à dos et allèrent se cacher à l'orée du bois, derrière la maison du forgeron. Elles restèrent tapies là jusqu'à ce que l'artisan et sa femme eussent quitté les lieux, non sans avoir verrouillé toutes les portes.

Marion guida alors ses amies jusqu'à la porte de service, à l'arrière du bâtiment. Grâce à sa clé personnelle, elle put les faire entrer et toutes trois gravirent prestement l'escalier qui menait au débarras. Sur le plancher poussiéreux, étaient entreposés quelques meubles.

La pièce était plongée dans l'obscurité, à l'exception de quelques rais de lumière qui filtraient à travers la charpente. L'une des lézardes, plus large que les autres, offrait une ouverture de dix centimètres de long et de cinq centimètres de large environ. Assise en tailleur sur le sol, Alice profita de cette meurtrière improvisée pour observer le village assoupi.

Sur la gauche, dans le lointain, elle apercevait la prairie où les marchands et leurs familles avaient établi leur camp. La plupart étaient occupés à préparer le repas du soir. Sur la droite, au-delà des installations du village, le regard portait jusqu'au parking. Enchantée par cet extraordinaire poste d'observation, Alice s'installa confortablement et ouvrit grand les yeux.

Une heure plus tard, toutes les allées étaient désertées. Le soleil s'était couché et des ombres s'étiraient partout. Les lanternes bordant les sentiers brûlaient encore. Bientôt, l'agent de sécurité vint les éteindre une à une, au moyen d'une espèce de pistolet à eau dont il dirigeait le jet directement sur la flamme.

Attentive à ses moindres mouvements, la jeune détective vit l'homme prendre le chemin du hall d'accueil. Soudain, il s'immobilisa et revint sur ses pas. Elle le vit remonter le sentier et dépasser la maison du forgeron, avant de disparaître de son champ de vision.

« Je donnerais cher pour savoir où il va, marmonna-t-elle entre ses dents.

— Comment ? De qui parles-tu ? » s'enquit Bess.

La jeune fille informa ses amies du manège du gardien, puis reprit son poste de veille. L'obscurité de plus en plus épaisse rendait difficile l'observation.

« Attends ! s'exclama-t-elle soudain. Le revoilà... C'est bien lui – ou plutôt son ombre. »

Bess et Marion approchèrent afin d'assister elles aussi à la scène. Le gardien s'éloignait maintenant vers la prairie.

« Il souhaite peut-être acheter quelque chose aux marchands... suggéra Marion.

— À moins qu'il ne cherche de la compagnie, renchérit Bess. Ou qu'il ait eu un petit creux et espère qu'une famille l'invitera à partager son dîner...

— À propos, enchaîna Marion, je grignoterais volontiers quelque chose. Je me souviens qu'il reste un plateau de cookies, sur la table de la salle à manger. Ce sont les restes du déjeuner. »

La jeune détective consulta sa montre.

« Pourquoi pas ? Le moment me semble bien choisi pour quitter notre cachette et rejoindre le hall d'accueil. Le parc de stationnement est vide. Tous les employés du village doivent être rentrés chez eux.

— Qui plus est, le vigile s'est éloigné, ajouta Bess.

— Et à mon avis, nous ne le reverrons pas de sitôt ! Le voilà attablé avec un groupe, autour d'un feu de joie. Allons-y ! »

Les trois amies dévalèrent l'escalier, attrapèrent chacune une poignée de cookies au passage et entrouvrirent la porte de la maison. La voie semblait libre. Sur un signal d'Alice, elles avancèrent en zigzag jusqu'au hall d'accueil, profitant de chaque bouquet d'arbres et de chaque bâtiment pour marquer une halte et vérifier que personne ne les suivait.

Grâce à son crochet de serrurier, Alice ouvrit la porte de service sans le moindre problème. Elle guida alors ses amies vers l'escalier de service qui menait aux bureaux administratifs. À l'étage, elle s'arrêta aux toilettes, où elle se souvenait avoir trouvé une chaise, lors de sa dernière visite. Par chance, elle se trouvait toujours là.

Arrivée devant le bureau d'Anita, elle grimpa sur la chaise et poussa la fenêtre à meneau horizontal. Puis elle se faufila à travers la mince ouverture et se laissa glisser de l'autre côté. Bess et Marion l'imitèrent.

Sans perdre un instant, la jeune détective alluma la lampe du bureau et se mit à l'ouvrage.

« Bess, essaie de voir ce que tu peux trouver dans l'ordinateur. Marion, aide-moi à passer en revue les dossiers rangés sur l'étagère et dans les corbeilles sur le bureau. »

Aussitôt, Bess mit en marche le terminal et fit défiler la banque de données. Aucun élément ne retint son attention. Alice et Marion, de leur côté, découvrirent quelques reçus et bons de commande, susceptibles de contenir des informations intéressantes. Mais, au total, le butin était fort maigre.

« Photocopions-les tout de même, par mesure de sécurité », suggéra Marion.

Au moment où la jeune fille allumait la photocopieuse, Alice crut percevoir un grattement dans le couloir. Un frisson la parcourut, au souvenir de sa première expérience dans ce bureau. Elle eut l'impression de sentir une deuxième fois la main de Leo Meier sur sa bouche, quand il l'avait traînée jusqu'au cagibi.

« Arrête cette machine ! chuchota-t-elle, tout en tendant le bras pour éteindre la lumière. Écoutez ! »

Chapitre 13

Le repaire de la Dame à la lanterne

Un nouveau grattement la fit frissonner mais, loin de la tétaniser, cela lui donna l'énergie de réagir.

« Suivez-moi », murmura-t-elle à ses amies.

Arrachant les documents des mains de Marion, elle les rangea précipitamment au milieu des dossiers d'archives. Marion éteignit la photocopieuse, Bess l'ordinateur, et les deux cousines s'engagèrent à la suite d'Alice dans la pièce attenante.

Malgré l'obscurité, la jeune détective retrouva rapidement ses repères. Lorsqu'elle avait été enfermée ici précédemment, un mince rayon de soleil traversait la vitre, poussiéreuse. Cette fois, c'était la lune qui leur offrait sa pâle lueur. L'odeur de moisi caractéristique confirma Alice dans le fait qu'elles se trouvaient bien sur la mezzanine située au-dessus de l'entrepôt.

« Où sommes-nous ? questionna Bess à mi-voix, peu rassurée. Est-ce ici que Leo Meier t'a séquestrée ?

— Exactement », confirma Alice.

Elle ne voulut pas utiliser sa lampe-torche, et immobile, attendit que ses yeux se soient acclimatés à l'obscurité ambiante.

« Accroupissez-vous et ne bougez pas, reprit-elle. Je vous rappelle que nous nous trouvons sur une mezzanine... Un faux pas, et vous risquez de basculer par-dessus la balustrade. »

Toutes trois tentèrent de trouver la position la moins inconfortable pour cette attente pénible. Alice colla son oreille contre la porte donnant sur l'ancien bureau d'Anita. Aucun son ne lui parvint. Prudemment, elle l'entrouvrit. Une souris détala par l'ouverture, terrorisée, et alla se nicher sous un carton.

Bess sursauta et s'éloigna du mur.

« Mon Dieu ! Alice ! J'ai vu un rat...

— Une petite souris, corrigea son amie, soulagée de penser que l'objet de leurs craintes n'était qu'un inoffensif rongeur. C'est sans doute elle que nous avons entendue gratter dans le couloir, tout à l'heure... »

Toutefois, ses sens restaient en alerte.

« Je n'entends plus rien dans le bureau... chuchota-t-elle. Mais, il vaut mieux partir. On ne sait jamais... »

Elle alluma sa lampe-torche et longea la

balustrade jusqu'à l'escalier, qui menait à l'entrepôt.

Alors qu'elles le traversaient, Bess eut le regard attiré par une carte ancienne, accrochée au mur dans un cadre en bois tout simple. Le document, qui devait mesurer cinquante centimètres sur quatre-vingts, avait été exécuté à la main, à l'encre de Chine.

« Regardez... fit-elle avec un soupçon de tristesse dans la voix, on reconnait Windbreak.

— Et là, ajouta Marion, qui s'était approchée, la cabane et l'atelier du forgeron.

— Je ne vois pas la maison du médecin, releva Alice. Cette carte a dû être dressée avant que sa famille n'arrive à Persimmon Woods.

— En revanche, remarqua encore Marion, voici un bâtiment qui n'existe plus aujourd'hui : la glacière.

— En effet, constata Alice à son tour. Toutefois, elle n'est pas située dans l'enceinte même du village, mais de l'autre côté de la rivière. Il y avait également une autre construction, non loin de là... »

Les jeunes filles plissaient les yeux pour mieux observer la carte.

« Dis-moi, Alice... » commença Marion, le regard brillant d'excitation.

Comme son amie, la jeune détective avait compris l'importance de la découverte.

« Bien vu, Marion. Ces deux bâtiments sont

situés sur l'autre versant de la colline, c'est-à-dire là où la Dame à la lanterne a disparu...

— Oh ! s'exclama Bess. Et tu penses, Alice, qu'il reste quelque chose de ces anciennes constructions ?

— Ce n'est pas impossible. Mais elles sont probablement en ruines, et nous ne les avons pas remarquées, à la lueur de la lune. Les vieilles pierres doivent être mangées par la mousse et les mauvaises herbes, et donc bien cachées.

— Mais elles peuvent encore offrir une cachette très discrète, souligna Marion.

— Entièrement d'accord ! Retournons là-bas, il faut en avoir le cœur net.

— Tout de suite ?

— Tout de suite ! »

Les jeunes filles s'avancèrent jusqu'à la large porte coulissante qui débouchait sur la galerie. Au moment où Alice s'apprêtait à appuyer sur le bouton mural qui déclenchait l'ouverture, elle entendit un bruit de chute dans son dos.

« Aïe... » gémit Marion.

Alice et Bess se précipitèrent auprès de leur amie, qui gisait sur le sol.

« J'ai trébuché sur ce stupide tabouret, expliqua Marion en grimaçant. Je crois que je me suis foulé la cheville. »

Sa cousine la soutint par les épaules.

« Peux-tu te lever ?

— Oui oui, ça va aller. »

Connaissant son amie, Alice savait qu'elle

souffrait plus qu'elle ne voulait l'admettre. Mais pour rien au monde celle-ci n'aurait compromis l'expédition qu'elles venaient de décider ; elle fut même la première à insister pour quitter au plus vite le village afin de se lancer à l'assaut de la colline.

Alice actionna donc la porte dérobée, qui s'effaça pour leur laisser le passage. Une fois dans le musée, elle effleura le candélabre afin de refermer la porte. À pas de loup, les trois amies traversèrent la galerie puis se glissèrent dans le hall d'accueil. De là, elles purent gagner rapidement la porte de service, et l'extérieur.

Stoïque, Marion avançait en boitillant ; malgré tout son courage, il était évident qu'elle ne parviendrait jamais à affronter le pont vermoulu, puis l'ascension de la colline, au milieu des bois semés d'embuches.

La jeune fille s'assit sur une souche d'arbre pour reprendre son souffle.

« Ne m'attendez pas, je vais vous retarder, dit-elle, la mort dans l'âme. J'irai me cacher dans la cabane du forgeron, en attendant votre retour. Vous frapperez cinq fois à la porte de service, pour que je vous identifie.

— Ça m'ennuie vraiment de te laisser, soupira Alice, inquiète pour son amie. Es-tu sûre que tu pourras te débrouiller seule ? Si tu veux, nous pouvons rentrer et remettre cette expédition à plus tard. Il serait peut-être plus prudent de te conduire à l'hôpital, afin que tu passes une radiographie de la cheville...

— Pas question, trancha Marion. Je suis une sportive, ne l'oublie pas ! Je sais ce que c'est qu'une cheville foulée... Pas de quoi s'affoler. D'ailleurs, je me souviens qu'il y a un nécessaire de premier secours dans la cabane. Je vais bander ma cheville, pour éviter qu'elle gonfle. Vous deux, filez ! Et ne vous faites pas de souci pour moi. »

Alice et Bess escortèrent leur amie jusqu'à la maison du forgeron puis, s'étant assurées qu'elle ne manquait de rien, reprirent leur chemin.

Pour la troisième fois en quelques jours, elles traversèrent le verger, passèrent le vieux pont de bois et s'élancèrent à l'assaut de la colline. La lune, entièrement pleine, baignait la nuit d'une lumière crépusculaire. La lampe-torche d'Alice éclairant les ronces et les épines, elles progressèrent rapidement.

Bess avisa bientôt un autre fragment de tissu arraché à la cape de la Dame à la lanterne. Elle le tendit à Alice.

« Si seulement j'arrivais à me souvenir où j'ai déjà vu cette étoffe... » murmura la jeune détective, en fourrant la pièce à conviction dans sa poche.

Arrivées au point culminant de la colline, elles marquèrent une halte pour observer l'autre versant.

« D'après la vieille carte que nous avons examinée, la glacière et l'autre bâtiment devraient se situer dans cette direction.

— Je te fais confiance, répondit Bess. La nuit, je n'ai plus trop le sens de l'orientation. »

En approchant de la zone critique, Alice balaya le sol du faisceau de sa torche.

« Là, regarde ! s'écria soudain Bess. Qu'est-ce que c'est ? »

Un amoncellement de tiges et de feuilles barrait le passage. Se rappelant que la colline était infestée de serpents et de coyotes, Alice saisit une longue branche pour secouer le tas à distance. Sans grande surprise, elle se rendit compte que les tiges ne poussaient pas naturellement. Elles avaient été mises là afin de dissimuler une vieille porte en bois.

Avec d'infinies précautions, elle ouvrit la porte, qui grinça comme pour protester. Braquant sa lampe à l'intérieur, la jeune détective découvrit une salle voûtée creusée dans le flanc de la colline. À en juger par les quelques bacs et ustensiles qui gisaient à terre dans un état pitoyable, il s'agissait bien de l'ancienne glacière indiquée sur la carte.

Mais il y avait plus intéressant encore – et plus révélateur : des objets qui manifestement avaient été ajoutés au décor.

« Tu as vu cela ? interrogea Bess, abasourdie. Les costumes de la Dame à la lanterne... »

Une vieille chaise était adossée au mur ; sur laquelle s'empilaient quatre capes verdâtres, à longues manches. Sur le sol, étaient disposées des bougies à moitié consumées et plusieurs lanternes métalliques.

Alice se précipita pour observer ces indices de plus près.

« Mais oui, bien sûr ! s'écria-t-elle soudain. Comment n'y ai-je pas songé plus tôt ?

— Qu'as-tu découvert ? Dis-moi vite...

— Ce tissu, expliqua la jeune détective en caressant le vêtement du bout des doigts. Je savais que je l'avais déjà vu quelque part. C'est exactement le même que celui qui figure sur certains carreaux de la jupe en patchwork de Mabel Tansy. Dire qu'elle la porte tous les jours, et que j'ai mis si longtemps à faire le rapprochement !

— Mabel Tansy... répéta son amie, incrédule. Faut-il en déduire que c'est elle la Dame à la lanterne ?

— En tout cas, elles ont le même fournisseur de tissu », conclut Alice, avec ironie.

Elle promena le faisceau de sa torche sur le reste de la pièce ; soudain, une tache blanche, à terre, attira son attention.

« Qu'est-ce que c'est que ça ? »

Elle se baissa et ramassa un morceau de papier froissé. Après avoir confié sa lampe à Bess, elle déplia soigneusement le document.

« Voici le dessin qui avait disparu de la galerie d'exposition. Tu te souviens de notre corvée de nettoyage, après le passage des vandales ? Tu avais trouvé un arbre généalogique, mais nous n'avions pas pu le déchiffrer, car il était trop défraîchi.

— Je me rappelle également avoir entendu que l'un des conservateurs du musée en avait établi une copie. Mais ce duplicata est resté introuvable...

— Et pour cause, remarqua Alice en agitant le morceau de papier chiffonné. Il avait été subtilisé et caché ici. Regarde... il s'agit de l'arbre de la famille Parrish. Quel nom lis-tu, sur cette branche annexe ? »

Bess tendit le cou et plissa les yeux pour mieux voir.

« Tansy ! s'exclama-t-elle, stupéfaite.

— Viens, il n'y a plus un instant à perdre. Marion est en danger... »

Elle plia le document et le rangea dans sa poche, puis s'élança vers la porte. Mais, se ravisant, elle revint sur ses pas.

« J'ai une idée. Emportons l'une de ces capes avec nous, cela pourra peut-être nous être utile... »

Bess attrapa l'un des vêtements et le glissa dans le sac à dos de son amie. Pour masquer sa disparition de la pile Alice rembourra de feuilles les trois autres capes et les tapota pour leur donner du volume.

Les deux jeunes filles quittèrent alors le repaire en toute hâte et redescendirent vers la cabane du forgeron.

Dès qu'elles furent devant, Alice eut un

funeste pressentiment. D'un signe, elle indiqua à Bess de garder le silence et de se plaquer contre le mur. À pas de loup, elles contournèrent la maison afin de se rendre jusqu'à la porte de service.

« Aïe... » murmura Bess, en apercevant la porte grande ouverte.

Elles pénétrèrent dans la cabane et inspectèrent rapidement les deux petites pièces du rez-de-chaussée. Personne.

« Marion s'est peut-être retranchée à l'étage, suggéra Bess. Dans le grenier où nous nous sommes cachées tout à l'heure... »

Alice hocha la tête sans avoir l'air d'y croire. Elle s'engagea pourtant dans l'escalier, à quatre pattes pour ne pas se faire repérer. Arrivée sur le palier, elle tourna la tête à droite et à gauche. Comme elle le redoutait, Marion ne s'y trouvait pas non plus.

« Où peut-elle bien être ? s'inquiéta Bess.

Malgré sa propre anxiété, Alice refusait de céder à la panique.

« Je l'ignore, mais je te garantis que nous allons la trouver. »

En toute hâte, elles quittèrent l'habitation et la contournèrent par l'extérieur.

« Marion ! appela Alice à plusieurs reprises. Si tu nous entends, manifeste-toi ! »

Des sons étouffés lui répondirent.

« C'est elle ! s'écria Bess. Le fumoir... on dirait que la voix provient du fumoir ! »

Alice et Bess se ruèrent en direction du petit bâtiment attenant à la maison principale. Il s'agissait en réalité d'un simple abri de bois sans fenêtre.

Sans hésiter, Alice tira la barre de bois sur le côté et ouvrit la porte.

« Marion ! » cria-t-elle.

Bess se précipita pour porter secours à sa cousine. Au milieu de la pièce exiguë, se tenait la jeune fille baillonnée et ligotée sur une chaise. Tandis que ses deux amies tentaient de la libérer, la porte claqua soudain dans leur dos.

Au bruit de la barre de bois qui coulissait dans les attaches, Alice sentit son cœur chavirer.

Chapitre 14

Prises au piège

« Alice ! Nous sommes prises au piège ! s'écria Bess, affolée.

— Pas de panique, la rassura son amie. Nous trouverons bien un moyen pour sortir d'ici. »

Bess détacha le dernier lien qui emprisonnait sa cousine pendant qu'Alice, dénouait le baillon.

« Je n'ai rien compris, confia Marion. On m'a attaquée pendant que je bandais ma cheville. Lorsque je suis revenue à moi, j'étais ici, dans la posture où vous m'avez trouvée.

— Ton agresseur a pour nom Mabel Tansy, annonça Bess. C'est elle, la Dame à la lanterne. Tu ne devineras jamais ce que nous avons découvert... »

Tandis qu'Alice inspectait les lieux, Bess mit Marion au courant de leurs dernières découvertes.

Un faible rayon de lune filtrait à travers la

lucarne grillagée du toit. Alice se rappela ce que Mabel avait expliqué, lors de leur formation : cette ouverture servait en fait à la ventilation ; malheureusement, elle était trop étroite pour leur permettre de passer.

Au pied du mur se trouvait une autre ouverture grillagée. Celle-ci servait à la circulation de la fumée. On allumait un feu dans une vaste cuve en métal, à l'extérieur. Régulièrement, on attisait le foyer pour assurer une provision suffisante de fumée. Celle-ci passait par le filtre placé à hauteur du sol et enveloppait la viande suspendue dans le fumoir, lui assurant ainsi une excellente conservation.

« Mabel... répéta Marion, pensive. Je ne m'en serais jamais doutée.

— Nous n'avons encore que des présomptions, précisa Alice avec prudence. Si elle est réellement affiliée à la famille Parrish, la rivalité remonte certainement à plusieurs générations. Il s'agit sans doute d'un héritage revendiqué conjointement par deux branches d'une même ascendance.

— Quoi qu'il en soit, trancha Bess, le plus urgent est de nous échapper d'ici. »

Elle revint jusqu'à la porte et la poussa énergiquement, en s'aidant de l'épaule. En vain.

Découragée, Bess revint vers ses amies.

« Cette odeur de fumé me donne mal à la tête », se plaignit-elle.

À trente centimètres environ au-dessus de

leurs têtes, suspendus à d'énormes crochets, pendaient des saucisses, des jambons, des dindes entières, ainsi que d'autres pièces de viande. Le sol en était luisant de graisse et terriblement glissant.

« Est-ce l'effet du coup que j'ai reçu sur la tête, ou la chaleur devient-elle réellement suffocante ? » interrogea Marion, en frottant sa nuque endolorie.

Le regard d'Alice se porta sur le sol. Une mince volute bleu-gris s'échappait de l'aérateur. En quelques secondes, la fumée devint plus sombre et plus épaisse. Collant l'oreille contre l'ouverture, elle entendit quelqu'un remuer les braises puis s'enfuir à toutes jambes.

« Quelqu'un a allumé le feu ! annonça-t-elle. Nous devons absolument empêcher cette fumée de s'introduire dans la pièce. »

Elle tira la chaise vers elle ; les quatre pieds glissèrent sur le sol graisseux.

« Sois prudente, Alice. Si tu veux, je maintiendrai la chaise pour qu'elle ne dérape pas. »

La jeune détective se hissa sur le piédestal de fortune et leva les bras. Elle parvint à décrocher un long quartier de viande qu'elle laissa choir sur le sol. À coups de pied, Marion le fit glisser jusqu'à la trappe à fumée pour l'obturer.

Le regard d'Alice se promena alors du plafond jusqu'à la porte, avant de revenir au plafond.

« Tu as une autre idée, Alice ? demanda Marion. Dis vite !

— Je ne suis sûre de rien, mais cela pourrait fonctionner.

— Tentons le coup, nous n'avons rien à perdre », l'encouragea Bess.

Alice détacha deux crochets et en tendit un à Bess.

« Suis-moi », indiqua-t-elle à son amie.

Elles approchèrent de la porte, escortées de Marion.

« Moi aussi, je peux participer, proposa cette dernière.

— Non, objecta sa cousine. Tu as déjà une cheville foulée... Inutile de risquer une nouvelle blessure.

— D'après mes souvenirs, poursuivit Alice, la barre qui bloque la porte est située à peu près à hauteur de la taille. Essayons de glisser les crochets entre la porte et le mur. »

Bess se posta d'un côté de la porte, Alice de l'autre.

Les deux jeunes filles coordonnèrent leurs mouvements. Après plusieurs tâtonnements, elles sentirent une résistance : les crochets avaient rencontré la planche. Il fallait désormais réussir à déloger le lourd morceau de bois de ses attaches. Elles redoublèrent d'effort et, finalement, furent récompensées : dans un bruit sourd, la barre de bois tomba à terre.

Sans attendre, Alice poussa la porte. Les trois

jeunes filles se ruèrent à l'extérieur, et prirent une large inspiration. Bess se frotta le nez.

« J'ai l'impression que cette odeur de fumée me colle à la peau. Mes vêtements et mes cheveux sentent le jambon à dix lieues à la ronde !

— Après une bonne douche et un shampooing, il n'y paraîtra plus, la rassura Marion.

— À condition de frotter vigoureusement, ajouta Alice avec un sourire. Restons sur nos gardes. Rien ne nous assure que nous sommes seules. »

Lentement, Alice et Bess firent le tour du fumoir ; Marion resta adossée au mur.

« Je voudrais maintenant inspecter la cuve où le feu a été allumé, indiqua Alice à ses amies. Attendez-moi ici, en faisant le guet. Je n'en aurai pas pour longtemps. »

Après avoir vérifié que le foyer était éteint, elle revint avec la barre de bois qu'elle tendit à Marion.

« Tiens, cela pourra te servir de canne. Ta cheville m'inquiète, elle est vraiment très enflée. »

Prudemment, elles s'éloignèrent. Chaque arbre, chaque arbuste leur offrait un abri passager. En quelques instants, elles eurent traversé la cour de la maison et rejoint l'allée goudronnée. Alice s'assura qu'elles étaient seules.

« Pas de trace de Mabel, ni du gardien... chuchota-t-elle. Profitons-en pour filer. »

Il ne leur fallut que trois minutes pour regagner le parking. Une fois installées dans la Mustang, elles laissèrent libre cours à leur soulagement.

« Ouf ! Je me sens mieux, soupira Marion.

— Moi, je suis en nage et j'empeste la fumée », grommela Bess.

Sa cousine lui décocha un clin d'œil moqueur.

« Tu es saine et sauve, c'est l'essentiel. »

*

* *

Le vendredi matin, Alice alla chercher Bess et Marion à leurs domiciles respectifs. La voiture empestait encore la fumée, comme pour leur rappeler leur nuit de cauchemar de la veille. En voyant Marion grimper avec agilité sur la banquette arrière, Alice se réjouit de voir que la cheville de son amie la faisait moins souffrir.

En chemin, elles discutèrent de la prochaine étape de l'enquête.

« J'ai acquis la certitude que Mabel était la Dame à la lanterne, dit Alice. Mais je pense qu'elle ne se doute pas encore de nos soupçons. Mettons à profit cet avantage : montrons-nous plus amicales que jamais, afin de gagner sa confiance. Assurons-nous qu'elle ne se méfie pas de nous. Ensuite, nous pourrons à notre tour lui tendre un piège.

— Ce piège que tu mijotes... interrogea Marion, met-il en œuvre le costume que nous avons volé ?

— Tu ferais une excellente détective ! répondit Alice en adressant un clin d'œil complice à son amie, à travers le rétroviseur. Dites-moi, c'est bien pour ce soir que sont programmées les promenades en charrette à foin ?

— Oui, comme tous les vendredis. Les touristes font la même balade que celle que nous avions faite, le premier soir de notre formation, dans le verger et le long de la rivière.

— Penses-tu que la Dame à la lanterne va de nouveau apparaître ? demanda Marion.

— J'en mettrais ma main au feu. Rappelez-vous la frayeur du cheval... et la panique de tous les passagers, renversés dans le fossé. Quelle meilleure façon de semer le trouble, et d'attirer un peu plus de publicité sur le village ?

— Alors, quel est ton plan? » voulut savoir Bess.

Un sourire malicieux aux lèvres, Alice prolongea le suspense pendant quelques secondes.

« À votre avis, comment Mabel réagira-t-elle en voyant son propre fantôme ?

— Deux Dames à la lanterne face à face... souffla Marion. L'idée est géniale.

— Attendons de savoir quelles tâches nous seront confiées, à Bess et à moi, reprit Alice. Ensuite, nous mettrons au point notre stratagème dans le détail. »

Quand elles furent arrivées au village, Alice apprit avec satisfaction qu'elle retournait travailler dans la maison du médecin. Ainsi, elle côtoierait Mabel et pourrait s'employer à gagner sa confiance. En outre, elle serait bien placée pour surveiller les faits et gestes de la jeune femme. Marion, comme à l'ordinaire, prendrait son poste dans l'atelier du forgeron. Quant à Bess, elle était envoyée avec Cory à l'épicerie-bazar, pour aider Amy.

Dans le cabinet médical, la jeune détective trouva Mabel en train de disposer les instruments dans une cuvette. La responsable dévisagea la nouvelle arrivante avec circonspection, comme si elle cherchait à lire dans ses pensées.

« Mabel ! souffla Alice, avec un air inquiet, vous ne croirez jamais ce qui nous est arrivé la nuit dernière, à moi et quelques-uns de mes camarades. C'était affreux.

— Vraiment ? »

Mabel croisa les bras sur sa poitrine. Ses yeux perçants, braqués sur Alice, trahissaient son agitation.

« Voilà... reprit la jeune fille. Promettez-moi que vous ne vous fâcherez pas et, surtout, que vous ne direz rien à M. Parrish. Nous avons eu l'idée de rester dans le village après la fermeture. Juste pour voir... Nous pensions que nous ne courions aucun danger, d'autant que les familles de marchands campaient dans la prairie. »

La jeune fille inspira profondément avant de poursuivre son récit.

« Donc, nous nous sommes cachées, en attendant que le village soit désert. Ensuite, nous nous sommes un peu baladées et... et nous nous sommes retrouvées enfermées dans le vieux fumoir ! »

Les joues de Mabel s'empourprèrent et elle parut se raidir. Plus que jamais, elle se tenait sur ses gardes.

« Enfermées ? répéta-t-elle. Expliquez-vous...

— Eh bien, nous nous trouvions à l'intérieur, et la porte a été verrouillée de l'extérieur. Nous sommes certaines qu'il s'agit d'un tour de la Dame à la lanterne. Avant cet épisode, je n'avais jamais cru aux fantômes. Mais maintenant, j'ai changé d'avis. J'ai eu la plus grande frayeur de ma vie ! En tout cas, c'est la dernière fois que je me lance dans une aventure aussi stupide.

— La Dame à la lanterne, dites-vous... Comment pouvez-vous avoir la certitude que c'était bien elle ?

— Oh ! c'est bien simple. C'est la seule explication qui tienne. Si nous avions eu affaire au gardien, ou à un autre employé du village, il nous aurait interpellées... et il nous aurait renvoyées, c'est certain. »

Alice baissa les yeux et secoua la tête, mimant le repentir. Lorsqu'elle se redressa, elle constata que Mabel s'était un peu détendue.

« Non, insista-t-elle, ce ne pouvait être que la Dame à la lanterne. Je ne devrais pas dire cela, mais je suis heureuse que mon contrat s'achève à la fin de la semaine. Je ne crois pas que je pourrais travailler comme permanente ici, avec cette créature surnaturelle qui hante les lieux jour et nuit. Franchement, vous avez du courage de supporter cette ambiance angoissante. Est-ce que vous n'avez jamais peur ? »

Mabel esquissa un sourire.

« Vous savez... non, j'ai l'habitude. Et puis, la Dame à la lanterne ne m'a jamais... enfin... je... »

Elle s'interrompit et, tout à fait sûre d'elle désormais, agita un doigt réprobateur à l'intention d'Alice.

« J'espère que cette mésaventure vous aura servi de leçon. Vos amis et vous saurez qu'il est hautement recommandé de respecter les horaires d'ouverture du village. Au fait, qui vous accompagnait ?

— Si vous le permettez, je préfère ne pas révéler les noms. Je suis prête à assumer l'entière responsabilité de cette bévue, dont j'ai eu moi-même l'initiative. Soyez certaine que cela ne se reproduira pas. »

Pour preuve de sa bonne volonté, elle saisit le balai.

« Voulez-vous que je balaie le sol, avant l'arrivée des touristes ? »

Sans attendre de réponse, elle quitta le cabinet et entreprit de faire le ménage dans le vestibule de la maison. Tout en collectant la poussière, elle songea que son entreprise de séduction se déroulait pour l'instant de façon très satisfaisante. De toute évidence, Mabel ne se doutait pas un instant qu'elle connaissait l'identité de la Dame à la lanterne.

Le reste de la journée se déroula sans incident particulier. En fin d'après-midi, des files de touristes se formèrent, dans l'attente des promenades en charrette à foin. Six tournées étaient prévues, et la première débuterait dès que le soleil commencerait à embraser l'horizon. Une demi-heure avant le démarrage des opérations, Mabel avertit Alice qu'elle devait aider au chargement de la charrette et demanda à sa jeune acolyte de la remplacer dans le rôle de l'hôtesse.

Le plan mis au point par les trois amies prévoyait que Marion surveille la porte du médecin depuis la cabane du forgeron, située de l'autre côté de l'allée. Si elle voyait Mabel quitter son poste de travail, elle avait pour consigne de rejoindre aussitôt Alice.

Celle-ci raccompagnait un petit groupe de visiteurs sur le seuil de la maison lorsque Marion entra dans la cuisine. Elle marchait en prenant appui sur de vieilles béquilles en bois qu'Amy avait dénichées dans la remise de l'épicerie-bazar.

« Tu fais très authentique, apprécia Alice avec un sourire.

— Ouais, maugréa Marion, dis plutôt que j'ai l'air d'une ruine ! »

La jeune fille se laissa choir sur le divan du salon.

« Chaque mouvement est douloureux...

— Essaie de ne pas utiliser ton pied blessé, conseilla Alice. Contente-toi de saluer les touristes à leur entrée. Allons, je suis sûre que ça va très bien se passer. »

Marion posa sa cheville sur un repose-pied en bois peint.

« Ne t'inquiète pas, je serai à la hauteur. De toute façon, à cette heure-ci, les visiteurs ne devraient pas se bousculer. La plupart font la queue pour monter sur la charrette à foin. À ceux qui se présenteront, je raconterai que la femme du médecin a dû rejoindre son mari pour une urgence, et que je la remplace pour les accueillir.

— Parfait, estima la jeune détective. Maintenant, il faut que je te laisse.

— Bonne chance... et sois prudente ! »

Alice quitta son amie et se dirigea vers le hall d'accueil. Dans le vestiaire, elle alla chercher le costume de la Dame à la lanterne, et le fourra dans un grand sac en toile qu'elle avait emporté. Puis elle ressortit et se hâta de gagner l'épicerie.

Là, elle expliqua à Bess et Amy qu'on l'avait chargée d'une course importante. Après avoir emprunté deux lanternes et une boîte d'allumettes, elle prit la direction du verger, escortée de Bess.

« Alice, s'inquiéta cette dernière, tout en cheminant d'un bon pas, es-tu réellement certaine que Mabel se cache sous le déguisement de la

Dame à la lanterne ? Et s'il s'agissait malgré tout d'un... d'un fantôme ? »

Sentant son amie frissonner, la jeune détective passa un bras amical autour de ses épaules.

« Non, Bess. Tu peux me croire. Cette créature n'a rien de surnaturel.

— Je te fais confiance. J'ai hâte que nous la démasquions... et que tout rentre dans l'ordre. »

Elles traversèrent la prairie et arrivèrent bientôt dans le verger, non loin du petit pont de bois qu'elles avaient emprunté à plusieurs reprises. Tandis que Bess, dissimulée derrière un arbre, montait la garde, Alice revêtit le costume de la Dame à la lanterne. La longue cape recouvrait entièrement sa robe. Elle ôta sa coiffe et rabattit le capuchon sur son front. Ainsi déguisée, et dans l'obscurité, elle était sûre que personne ne pourrait la reconnaître.

« Incroyable ! s'extasia Bess, lorsque son amie se présenta devant elle. On croirait vraiment voir la Dame à la lanterne. »

Alice fit quelques pas et tourna sur elle-même, pour juger de l'effet produit.

« Et quand je marche ?

— C'est parfait. La cape cache complètement tes chaussures. Lorsque tu te déplaces, on jurerait que tu flottes au-dessus du sol. »

Au loin, leur parvenait la clameur des touristes, qui s'entassaient sur la charrette à foin. Soudain, Bess s'immobilisa.

« Regarde... murmura-t-elle. Là, sur la colline... de l'autre côté de la rivière... »

Alice tourna la tête. Une lueur vacillante se déplaçait lentement, descendant vers la rive. En se retournant, elle constata que la première carriole venait de se mettre en marche. L'heure avait sonné...

Avec les arbres comme camouflage, Alice et Bess se faufilèrent pour atteindre le vieux pont. Arrivées là, elles s'accroupirent dans les fourrés et attendirent. La flamme chancelante continuait de s'approcher, lentement mais sûrement.

« La voilà! » chuchota Bess.

Alice alluma discrètement l'une des lanternes, en la dissimulant sous le pont. À l'approche du moment de vérité, son pouls battait la chamade.

Sur l'autre berge, la Dame à la lanterne s'apprêtait à poser le pied sur le pont. Elle resta ainsi en suspens, pendant de longues secondes. Comme si le temps s'était arrêté pour faire place à une atmosphère irréelle. Les yeux écarquillés, le souffle court, Alice observait la scène avec la plus grande attention. Si elle voulait réussir son effet, il fallait intervenir au moment propice.

C'est alors que la créature fantomatique s'engagea sur le pont. Elle progressait lentement, imposant un léger mouvement de balancier à la lanterne qu'elle tenait à bout de bras. Bientôt, Alice n'entendit plus que le battement de son propre cœur...

Chapitre 15

La fin d'une légende ?

La Dame à la lanterne continuait sa lente progression. Des cris de stupeur et d'épouvante s'élevèrent du verger, déchirant le silence de la nuit. Ce fut le signal pour Alice.

« À mon tour d'entrer en scène », murmura-t-elle à l'attention de Bess.

Prudemment, la jeune détective attrapa la lanterne et se faufila hors des taillis qui lui avaient servi de cachette. En posant le pied sur la première planche du pont, elle eut l'étrange impression de voir son reflet dans un miroir. Calquant son allure sur celle de son modèle, elle se mit à balancer doucement sa lanterne de droite et de gauche.

Les cris se firent plus intenses. Pendant un instant, Alice imagina la scène vue du verger. Ces deux apparitions jumelles marchant l'une vers l'autre étaient certainement très impressionnantes.

Brusquement, Mabel s'immobilisa. Elle lâcha sa lanterne et couvrit sa bouche de ses mains. La lanterne en fer heurta une planche de bois et disparut dans la rivière.

Puis la femme recula de quelques pas, avant de faire volte-face et de prendre ses jambes à son cou. Sans hésiter, Alice arracha sa lourde cape de ses épaules. Ainsi libérée, elle serra fortement la poignée de sa lanterne et s'élança à la poursuite de la fuyarde, non sans regarder où elle posait les pieds. Un bruit de pas l'avertit que Bess accourait pour lui prêter main-forte.

Lorsque les deux amies atteignirent l'autre rive, la Dame à la lanterne avait déjà gravi la moitié de la colline.

« Nous savons où elle se rend, n'est-ce pas Alice ? haleta Bess.

— Absolument. Vite, ne nous laissons pas distancer... »

Essoufflées, elles parvinrent au sommet pour constater que la fameuse Dame s'était évaporée. À la lueur de leurs deux lanternes, elles se frayèrent un chemin jusqu'au tas de feuilles mortes et de branchages qui dissimulait la porte de la glacière.

« Je suis certaine qu'elle se terre à l'intérieur », chuchota Alice.

Avec circonspection, elle poussa la vieille porte de bois.

« Mabel ? appela-t-elle. Êtes-vous là ? C'est moi, Alice Roy. »

Comme elle n'obtenait pas de réponse, elle ouvrit davantage la porte. Le spectacle qu'elle découvrit la laissa sans voix : la Dame à la lanterne était assise sur la chaise. Son capuchon, rejeté en arrière, laissait apparaître le visage de Mabel Tansy. Ses yeux hagards ne pouvaient se détacher de la lanterne que brandissait Alice.

« Tout est fini, désormais, commença la jeune détective d'une voix douce. Retournons ensemble au village, voulez-vous ? »

Elle prit le bras de la jeune femme, qui n'eut aucune résistance. Puis Mabel se mit à bégayer des phrases décousues, où il était question d'un fantôme, et de l'apparition de la véritable Dame à la lanterne, sur le pont. Bess tenta de lui expliquer le stratagème mis au point par Alice, mais elle resta sans réaction, comme si elle ne comprenait pas.

Les deux jeunes filles conduisirent Mabel au village, où elles la remirent entre les mains du vigile, dans le hall d'accueil. Après s'être assurées qu'il ne la laisserait pas filer, elles se mirent en quête du directeur. Mabel, pour sa part, continuait à prononcer des propos incohérents.

Alice trouva Jake Parrish dans le verger, au milieu des touristes. Il lui fallut plusieurs minutes pour convaincre le directeur de la suivre à l'écart de la foule, afin de le tenir au courant des derniers événements. Lorsqu'ils revinrent tous deux dans le hall d'accueil, le gardien avait déjà appelé la police. Bess était allée chercher

Marion et tous attendaient le retour de la jeune détective.

Celle-ci expliqua comment, avec ses amies, elle avait découvert le repaire de Mabel, dans l'ancienne glacière, puis comment elle avait mis au point le piège destiné à la confondre.

Lorsqu'elle aperçut Jake, Mabel sauta de son siège et se rua vers lui.

« Tout cela est votre faute ! hurla-t-elle. Vous et toute la branche de votre famille... »

Le directeur fit un pas en arrière, livide.

« Qu'est-ce que vous me chantez là ? Avez-vous perdu la tête ?

— Sachez que nous sommes cousins, pauvre crétin ! Les Parrish ont dépossédé les Tansy de l'héritage qui leur revenait de droit. La glacière nous appartenait, tout comme la totalité de la colline, ainsi que la moitié du terrain du village. Mais votre grand-père nous a escroqué notre bien et nous nous sommes retrouvés à la rue. À la rue, vous m'entendez ? »

La rage déforma sa bouche en un affreux rictus. Abasourdi, Jake tenta de comprendre ces accusations.

« Ainsi, vous avez décidé de venger vos aïeux en provoquant la ruine de Persimmon Woods ? C'est complètement dément...

— Non, c'est par fidélité à ma famille que j'ai décidé de faire fermer cet établissement. Je n'admets pas que vous vous enrichissiez sur le dos des Tansy ! »

La jeune femme tourna alors vers Alice son regard halluciné.

« Mon plan aurait fonctionné à merveille, si vous n'étiez pas intervenue.

— Est-ce vous qui avez laissé le message sur mon répondeur ? demanda la jeune détective.

— Et vous encore qui m'avez assommée et qui nous avez enfermées dans le fumoir, hier soir ? » renchérit Marion.

Mabel hocha la tête.

« Vous furetiez partout. D'ailleurs, je me suis très vite méfiée de vous trois. Mon intention était seulement de vous faire peur, pour vous dissuader de vous montrer trop curieuses. Je ne comptais pas vous blesser.

— Vous avez tout manigancé toute seule ? demanda Parrish, encore sous le choc des révélations. Les couvre-lits et les poteries au fond de la rivière, l'alerte à la bombe, c'était donc vous ? Et la mise à sac du musée et de la boutique de souvenirs... et même l'incident du mousquet, tout cela est votre œuvre ?

— Oui, avoua Mabel. Je n'avais pas d'autre solution. Mais, je le répète, mon but n'était pas de faire des victimes. »

Sur ces entrefaites, les policiers arrivèrent. Quand ils eurent emmené la coupable, le directeur du village se tourna vers Alice.

« Je ne sais comment vous remercier... mais je vais réfléchir à la question, c'est promis. »

L'homme soupira.

« Si vous voulez bien m'excuser, je dois retourner m'occuper des promenades en carriole. Vous trois, vous pouvez rester dans le village, ou rentrer chez vous, c'est comme vous voulez. L'heure de la fermeture approche, de toute façon. »

Après s'être consultées, Alice, Bess et Marion décidèrent de reprendre leur poste de travail pour l'heure qui restait. Elles se mirent également d'accord sur le fait qu'il fallait pour l'instant garder le silence sur les derniers rebondissements de l'affaire.

« C'est à Jake Parrish d'en faire l'annonce », estima Alice.

Lorsqu'elle se retrouva seule dans la maison du médecin, la jeune fille se sentit bien isolée. Elle éprouva même une certaine tristesse en songeant au sort de Mabel.

Les conversations allaient bon train quand Alice entra dans les vestiaires pour se changer. Certains villageois avaient vu Mabel monter dans le fourgon de la police.

Lorsqu'elle accrochait son bonnet sur le portemanteau, Alice rencontra Amy.

« Alors, raconte-moi tout ! fit celle-ci, les yeux brillants de curiosité. Est-ce que Mabel est réellement la Dame à la lanterne ? C'est ce que tout le monde prétend...

— Pardonne-moi, mais je ne peux rien dire pour le moment... Attendons la suite des événements.

— Bon, d'accord... » soupira Amy, un peu déçue.

Elles sortirent ensemble du bâtiment et se dirigèrent vers le parc de stationnement. Bess et Marion les suivaient, mais à quelque distance. Marion, qui avait laissé ses béquilles au vestiaire, prenait appui sur l'épaule de sa cousine pour avancer.

« En tout cas, insista Amy, Cory est persuadé que c'est toi qui te cachais sous le costume de la deuxième Dame à la lanterne. C'était bien toi, n'est-ce pas ?

— Ton frère a vu juste, reconnut Bess. Alice a parfaitement tenu son rôle, tu ne trouves pas ?

— À merveille ! intervint Cory, qui les avait rattrapées. Je le savais, ce ne pouvait être que notre chère détective. Tu as voulu tendre un piège à la Dame à la lanterne, afin de la démasquer. C'est bien cela ?

— Dis-nous encore une chose, renchérit Amy. Mabel est-elle l'auteur de tous les incidents qui se sont déroulés ici ? Pourquoi la police l'a-t-elle emmenée ? »

Alice ouvrit les portières de sa Mustang avant de répondre.

« Je regrette, mais vos questions devront attendre jusqu'à demain. D'ici là, bonne nuit ! »

Le lendemain, samedi, le soleil brillait dans un ciel sans nuage. Marion et Bess arrivèrent de bonne heure chez leur amie, afin de partager le petit déjeuner avec elle. Tout en piochant avec appétit dans la pile de pancakes confectionnées par Sarah, elles passèrent en revue le journal. L'article de une retraçait dans le détail l'arrestation de la Dame à la lanterne, figure emblématique du village de pionniers de Persimmon Woods.

« Je compte téléphoner à Anita dès que j'aurai fini mon petit déjeuner, annonça James Roy. Elle peut rapporter sa cammionnette de déménagement au loueur... j'ai négocié pour elle un prêt financier qui lui évitera de perdre sa maison. »

Par une étrange coïncidence, on frappa à la porte au même moment. Alice se leva pour aller ouvrir et revint accompagnée d'Anita. L'avocat l'invita à s'asseoir à leur table.

« Je parlais justement de toi. »

Il lui répéta la bonne nouvelle et ajouta :

« J'ai parlé de toi à quelques amis et confrères. Deux d'entre eux souhaiteraient te rencontrer pour te faire une proposition d'emploi. »

Les yeux de la jeune femme s'embuèrent de larmes.

« Merci de ta gentillesse, James. Ces derniers mois ont vraiment été très durs... À sa mort, mon père a laissé derrière lui une quantité de dettes assez considérable. Je me suis efforcée de les rembourser au fur et à mesure, ce qui n'a pas été facile. Mais je jure que jamais je n'ai détourné le moindre dollar de la caisse de Persimmon Woods ! »

Anita adressa un sourire chaleureux au père d'Alice.

« Je peux dire que le jour où je vous ai rencontré, toi et ta fille, a été un jour providentiel... Sans oublier Sarah : vos pancakes sont le meilleur remède que je connaisse contre la morosité ! »

Après avoir avalé une gorgée de café, la jeune femme reprit.

« Moi aussi, j'ai des nouvelles toutes fraîches à vous communiquer. Devinez qui m'a téléphoné, tôt ce matin.

— Voyons... réfléchit Marion. Ce n'est sûrement pas la Dame à la lanterne. Elle a quitté définitivement la scène hier soir.

— Non : Jake Parrish en personne. Il m'a promis de redresser les comptes.

— Ainsi, conclut Alice, il a reconnu que tu n'as pas détourné d'argent ?

— Il est le mieux placé pour le savoir, vu que c'est lui qui trafiquait les chiffres. Il s'est débarrassé de moi pour m'empêcher de découvrir son manège. En outre, si quelqu'un d'autre venait à suspecter des malversations, mon licenciement lui permettait de faire peser les accusations sur moi.

— Quel odieux procédé, s'indigna Bess. Franchement, ça me révolte.

— C'est surtout parfaitement illégal, souligna James Roy.

— En réalité, précisa Anita, aucune somme n'a été réellement détournée. Parrish prétend qu'il n'a pas volé d'argent, mais qu'il s'est contenté de transférer des fonds d'un compte sur un autre. Depuis que Mabel se livrait à son entreprise de démolition, les revenus du village dégringolaient. Il a simplement cherché à dissimuler le déficit.

— Que compte-t-il faire concrètement, pour assainir les finances de son entreprise ? demanda Marion.

— Il veut s'en remettre au jugement du conseil d'administration. Il a l'intention de jouer cartes sur table, en avouant ses agissements passés, en espérant qu'on lui accordera une seconde chance. Il paraît plutôt confiant... Il n'a peut-être pas tort, d'ailleurs. Maintenant que Mabel est sous les verrous, le danger est écarté. Le village devrait recouvrer sa sérénité et sa bonne santé économique. Mais ce n'est pas tout... Devinez quelle autre nouvelle il m'a annoncée.

— Il t'a proposé de reprendre ton ancien poste ? » avança Alice, en versant du sirop d'érable sur son pancake.

Anita éclata de rire.

« Bravo ! Alice, tu es vraiment la meilleure détective que je connaisse... En effet, il a promis de mettre ma réembauche à l'ordre du jour de la réunion du conseil.

— Qu'en penses-tu ? interrogea Bess. Es-tu prête à retravailler pour un homme qui t'a traînée dans la boue ?

— J'ai répondu que j'allais réfléchir à son offre, mais en réalité, mon choix est déjà fait. D'autant que la proposition de James m'offre une alternative tout à fait opportune. »

Un klaxon de voiture retentit dans la rue.

« Ce doit être Cory et Amy, s'exclama Bess en bondissant. Ils m'ont appelée avant que je parte de chez moi pour proposer de nous emmener toutes les trois à Persimmon Woods. »

« Jamais je n'oublierai la vision surréaliste des deux Dames à la lanterne marchant l'une vers l'autre, sur le petit pont... soupira Amy, tandis qu'ils faisaient route tous ensemble vers le village.

— Moi, j'en ai encore la chair de poule, renchérit Bess.

— C'était magnifique ! estima Cory, qui conduisait le véhicule. On aurait dit deux chevaliers armés de lances, prêts à s'affronter dans une joute d'honneur... Mais ce n'étaient que des fantômes armés de lanternes.

— Pauvre Mabel... déplora Bess. J'espère que sa condamnation ne sera pas trop sévère. Elle avait l'air tellement déboussolée, hier soir...

— Elle a perdu les pédales, c'est certain, répondit Cory. Toutefois, il fallait mettre un terme à ses agissements. Persimmon Woods devenait de moins en moins fréquentable, ces derniers temps. Surtout depuis les alertes à la bombe... Si on l'avait laissée faire, elle aurait réussi à causer la perte du village.

— Entièrement d'accord, approuva sa sœur. Ce site constitue un haut lieu culturel de la région. Sa disparition aurait laissé un vide terrible. »

Lorsqu'ils arrivèrent dans l'enceinte du parc, ils constatèrent que Jake Parrish avait rassemblé les permanents et bénévoles dans le grand hall d'accueil. Le petit groupe fut accueilli par un tonnerre d'applaudissements.

Après s'être assuré que tous les employés se trouvaient là, le directeur demanda le silence.

« J'ai plusieurs informations à vous donner. Premièrement, je souhaite vous parler de Mabel Tansy. Elle a travaillé ici de nombreuses années, avec un zèle et une constance remarquables. La plupart d'entre vous l'appréciaient, j'en suis sûr. Elle a affirmé qu'elle n'avait jamais voulu faire de mal à quiconque, et je crois que nous pouvons la croire sur ce point. En dépit du tort qu'elle a causé au village, nous nous efforcerons de l'aider et de la soutenir dans l'épreuve qu'elle traverse. »

Dans l'assemblée, plusieurs personnes hochèrent la tête, reconnaissants pour la clémence dont faisait preuve le directeur.

« Alice, reprit celui-ci, vous n'êtes ici que depuis une semaine... mais sachez que vous, ainsi que vos amies Bess et Marion serez désormais considérées commes des bienfaitrices du village. Nous ne saurons jamais assez vous remercier d'avoir sauvé notre établissement de la ruine qui le menaçait. »

Il s'approcha de la jeune détective et lui serra chaleureusement la main.

« Pour vous manifester notre reconnaissance, continua le directeur, nous tenons à vous offrir des laissez-passer à vie, qui vous permettront de venir nous voir aussi souvent que vous le souhaiterez. Quand vous aurez envie d'un petit voyage dans le temps, sachez que Persimmon Woods vous accueillera toujours à bras ouverts.

— C'est très gentil de votre part, remercia Alice avec un sourire. Nous sommes très heureuses d'avoir pu vous aider.

— Marion, reprit Jake Parrish, j'espère que votre cheville est sur la voie de la guérison. Votre dévouement est d'autant plus remarquable que vous étiez blessée...

— Une petite foulure de trois fois rien, corrigea modestement la jeune fille. Et puis, le jeu en valait la chandelle.

Jake Parrish se tourna alors vers le reste des employés.

« Et maintenant, je vous suggère d'aller enfiler vos costumes sans attendre. Les touristes ne tarderont pas à arriver. Si mon intuition ne me trompe pas, nous devrions comptabiliser aujourd'hui un nombre d'entrées supérieur à la moyenne... »

Avec un clin d'œil amusé, il ajouta encore :

« Je n'ai qu'un regret. Ce lieu ne sera plus tout à fait le même, sans la Dame à la lanterne...

— Pourquoi n'engageriez-vous pas quelqu'un pour tenir ce rôle ? suggéra Cory. Alice, par exemple... Sa démonstration sur le pont était des plus convaincantes !

— Excellente idée ! renchérit Bess en riant. Après tout, quoi de plus naturel pour une volante que de jouer les filles de l'air ? »

Table

1. — Une rencontre fantomatique 5
2. — Vandalisme dans le village 19
3. — Le spectacle continue 31
4. — Un bruit dans l'ombre 45
5. — Frissons sur la ligne 59
6. — Un fantôme à la foire 73
7. — Le danger rôde 83
8. — Disparue 93
9. — Désastre à Windbreak 103
10. — Une clé en or 115
11. — Le suspense continue 125
12. — Voir sans être vues 137
13. — Le repaire de la Dame à la lanterne .. 149
14. — Prises au piège 161
15. — La fin d'une légende ? 175

Pour en savoir plus :
www.hachettejeunesse.com

Composition ***Jouve*** - 53100 Mayenne

Imprimé en France par ***Partenaires-Livres***®
n° dépôt légal : 19894 - février 2002
20.07.0693.02/0 ISBN : 2.01.200693.0

Loi n° 49-956 du 16 juillet 1949
sur les publications destinées à la jeunesse